朝霧晴

「呀呵——！大家內心的太陽，朝霧晴高高升起嘍！」

最喜歡看到大家展露笑容，是充滿活力的女學生。由於好奇心極為旺盛，常常在一時衝動下，做出讓周遭人們始料未及的言行舉止。

宇月聖

「嗨各位！大家的聖大人亮相嘍！」

前世是以男人的精氣為生的魅魔，卻因為只對同性（女性）有興趣而餓死。歷經轉生後華麗亮相。頭上的角是前世殘留至今的特徵。

神成詩音

「巫女好——！我是大家的媽咪神成詩音喔！」

讓九尾狐狸附身的巫女，以神明使者的身分守護人界的和平。由於多達九條的尾巴會受到感情的起伏而劇烈晃動，站在她身後時要小心。

晝寢貓魔

「喵喵——！被香香的味道吸引而來！我是晝寢貓魔喔！」

最愛午睡的異色瞳獸娘。但只要有人在附近吃東西，她便會睜著閃亮雙眼接近而來。餵她吃東西就會很開心。即使不這麼做，一旦摸摸她，也會讓她感到開心。

相馬有素

「報告！相馬有素來報到了是也！」

以解放自我為宗旨的偶像團體——解放軍成員之一。冷酷外貌讓她深獲男女雙方喜愛。然而因為內在是個草包，導致成員總是煞費苦心地維護她的形象。

苑風愛萊

「呀呵～大家～！過得好嗎～的喲～！我是愛萊動物園的苑風愛萊的喲！」

在網羅了各式動物的大型主題樂園——愛萊動物園擔任園長的精靈。動物們不知為何都對她展露出唯命是從的姿態，深得牠們的崇敬。

山谷還

「這裡是跨越高山、跨越低谷，最終抵達的歸還之處。歡迎造訪山谷還的頻道。」

在心地善良者身負重傷時悄然現身，為其施加治療後隨風離去的女子。全身上下充滿了謎團。

Live-ON

雀屏中選的閃耀少女們

最新消息 | 商品

活動方針 | 旗下藝人 | 公司概要

彩真白

「大家真白好——咱是暱稱真白白的彩真白喔。」

視繪畫為人生目的的插畫家。雖然嘴巴有點毒，但其實是個很會照顧人的溫柔少女。

心音淡雪

「各位晚安，今晚也是飄著美麗淡雪的好日子。我是心音淡雪。」

只會在淡雪飄零之日現身，散發神祕氛圍的美女。那雙吸睛的紫色瞳眸深處，似乎藏著某種祕密……

祭屋光

「好光光！祭典的光芒招來人群！我是祭屋光！」

在全國各地舉辦的祭典上現身的祭典少女。據說即使相隔兩地舉辦，她也會在同一時間現身於兩場祭典之中。

柳瀨恰咪

「將大家帶往至高治癒之地的柳瀨恰咪姊姊來嘍。」

原本個性內向，卻鼓起勇氣，成功以外向的個性出道並大獲成功。然而內在並未因此改變，是以雖然看似開朗，但仍殘留著陰沉的內裡。

@神成詩音
神成詩音 今天 16:48
今天還好嗎？
有好好吃飯嗎？
生活節奏沒亂掉吧？
之前也和妳說過了，這次收益被沒收的
我會以媽咪的身分盡全力幫忙的！所以別
心！啊除了直播之外，有什麼事都能找我
忙，因此別和我客氣喔！
不只是我，我想大家都願意當妳的幫手喔！
對了！下次有空的話，我們一起開會討論該
怎麼恢復收益吧！
宇月聖 今天 17:23
謝謝妳的關心。我沒事，也很有精神喔。
收益化的問題總有一天會解決的。
經濟方面還不到需要擔心的程度
所以我也不怎麼緊張。只要
Live-ON 也保持原樣，
16:48
@宇月聖
神成詩音 今天 16:48
今天還好嗎？
有好好吃飯嗎？
生活節奏沒亂掉吧？
之前也和妳說過了，這次收益被沒收的狀況
我會以媽咪的身分盡全力幫忙的！所以別擔
心！啊除
直播之外，有什麼事都能找我幫
忙，因
和我客氣喔！
我，我想大家都願意當妳的幫手喔！
下次有空的話，我們一起開會討論該
恢復收益吧！

Contents

七斗七 插畫 塩かずのこ

Kadokawa Fantastic Novels

身為VTuber的我因為忘記關台而成了傳說［4］

彩頁、內文插畫／塩かずのこ

完全就是一流強者。

最近的小淡就算沒變成咻瓦
也是氣勢洶洶，真可怕。

總覺得講得好像兩人才惡鬥過
一場般笑死。直播主究竟是……

我的淚腺潰堤把自己淹死了。

淹死的仁兄請盡快成佛吧。

晴雪
collaboration
線下合作
#氣象組合

身為VTuber的我因為忘記關台而成了傳說［3］

迄今為止的前情提要

觀看次數:9,999,999次·2022/01/20

9999 　 155

小咻瓦剪輯頻道
7.5萬 位訂閱者

已訂閱

心音淡雪終於和憧憬已久的前輩**朝霧晴**約好要在演唱會上進行合作。

但這只是苦難的開端。為了能與知名的**天才**朝霧晴比肩，

淡雪決定挑戰**殘酷的考驗**。就在此記下**她走過的足跡**吧。

1．至超商消費，藉由購買**強〇**和**絲襪**成功**獲取十萬圓**。

2．收到來自其他企業的遊戲工商委託，

在實際宣傳之際不僅**喝了個爛醉，還脫口說出「劣質遊戲」**。但最後靠著臨機應變劃下完美句點。

3．讓晴**開車送自己回家**。

4．將動物園的園長拖進**恐懼的深淵**，使其**覺醒為組長**。

5．腳踏**兩條船**。

6．為了處理同期「覺得自己毫無個性」的煩惱，使其轉變為**用語音ＳＥＸ的魔術師**加以解決。

7．吃**燒肉**。

突破了上述七項考驗的淡雪如今已無所畏懼。

抬頭挺胸地於**晴的演唱會**表演過後，淡雪終於**將憧憬已久的前輩貶為剛出道的菜鳥**。

順帶一提，**紅色的傢伙**的**收益**沒了。

「鈴木小姐，妳知道聖大人的收益遭到沒收的事嗎？」

「我當然已經收到相關訊息了。這事最近在公司裡也是傳得沸沸揚揚呢。」

我在沒開直播的時間和鈴木小姐通電話開會，才剛一接通，就問起了聖大人的事。

「進展如何呢？應該很快就能恢復了吧？」

「嗯……說來有些丟人，但我們目前無法給出肯定的答覆呢。畢竟Live-ON和YoTube的關係算不上緊密。不過，為了能盡快恢復收益，我們會和聖小姐一同合作，商量有效的對策。」

唔嗯，既然有必要商量對策，就表示Live-ON也是頭一次遇到這種事，正在為事發來由感到困惑吧。

「由於聖小姐的直播風格走的都是重口味路線，我想應該是無意間觸犯了YoTube的規範吧。如果聖小姐找您商量，也請您一定要支持她喔。」

「這是當然的。」

「呵呵，您的回應真帥氣。聖小姐有一群很好的同伴呢。詩音小姐甚至還氣勢洶洶地要我們盡快解決。」

「真是貼貼呢。」

「不過……當事人聖小姐對於這件事的反應，似乎和詩音小姐產生了些許鴻溝喔。」

「鴻溝？怎麼回事？」

聽到我的提問，鈴木小姐以略顯困惑的語氣回答：

「和積極主動的詩音小姐相比，聖小姐似乎沒什麼幹勁。」

「是這樣啊？啊——我在得知她的收益被沒收之際也曾致電關心過，但她那時也是一副不置可否的態度呢。」

「若能恢復收益當然再好不過，但……聖小姐並非會主動依賴他人的類型呢。我剛剛也收到了聖小姐給其他直播主的訊息，說是要各位『別為我操心，照常直播即可』。」

「啊——……嗯，即使她這樣講，但我其實依舊很在意。不過當事人都這樣表示了，要是再管下去似乎就顯得有些干涉過度了吧。」

「的確呢……或許暫時還是靜觀其變比較妥當。和聖小姐配合已久的經紀人也表示，目前聖小姐似乎有些迷茫的樣子，貿然行動的話或許只會徒增她的困擾。」

迷茫啊……雖然乍聽之下是和聖大人無緣的詞彙，然而在見識過她的反應後，我也覺得這樣的形容挺有道理的。

「不過，誠如我剛才所言，詩音小姐將此事視為同期的危機，不曉得會採取什麼樣的行動……」

鈴木小姐擔憂地說著。畢竟那兩人總給人親暱的印象，她或許是擔心兩人會因此橫生誤解之類的吧。

「雖然有比我更為瞭解她們，為人處事也更加圓滑的貓魔小姐這位二期生在，我不認為會出什麼大事就是了……淡雪小姐也和她們感情不錯吧？儘管這樣一再強調感覺對您很過意不去，但我還是希望您也能關注那兩位的動向……」

「我、我會的！」

「謝謝您！那麼，我們來談工作的事吧。」

雖然有些掛念的部分，但我個人的行程還是不受影響。我好不容易才將思緒抽離開來，並專注討論起今後的工作安排。

「唔……」

和鈴木小姐開完會後，我依舊掛念著聖大人的事，做起事來都顯得渾渾噩噩。

我也沒料到自己會擔心聖大人到這種地步。然而即使她表現得再怎麼像個黃腔自動產生器，終究也是平時相當照顧我的前輩。

沒錯沒錯，好比最近我在做像創企畫時就曾受到她關照呢。

一閉上雙眼，當時的光景便浮上心頭。那時的我完全想不到她的收益會遭到剝奪……

「大家晚安，今天也是個降下美麗淡雪的日子所以強○也冰了個透心涼！噗咻！咕嘟咕嘟咕嘟！噗哈——！美味到像是犯罪般的等級！眼淚要流出來了……要是能喝上這一罐，就算要在全

人類眼前變成暴露狂也心甘情願！」

：**別用第一句話虛晃一招啦。**

：**露出真面目了吧。**

：**能在一瞬間讓講話的情緒跨八度根本笑死。**

：**妳的有趣程度才是犯罪般的等級。**

：**別從眼睛裡擠出檸檬汁啦。**

：**您已經是在全人類眼前暴露內心的暴露狂嘍。**

「好的好的！總而言之，今天要做的是像創直播的啦啦啦！」

像創——正式名稱為「像個創世神」，是款聲名大噪的沙盒型遊戲。我在好一陣子前曾做過首次直播，並在那之後沉迷得無法自拔，至今仍會以相當密集的頻率開台直播遊玩內容。

累積過挖礦、伐木和冒險等經驗後，我現在囤積了不少這款遊戲所需要的基礎素材，和一開始相比，能活動的範圍增加了不少。

如此這般！我這次打算用與以往稍稍不一樣的形式來享受這款遊戲的啦！

「關於今天的直播內容呢——可別嚇到嘍，小咻瓦我可是自行搞出了一個企畫呢！」

：**喔？**

：**真的假的？也太稀奇了吧？　￥2525**

：小咻瓦雖然常常參加別人的企畫，但沒什麼看過她自己搞企畫呢。

「哼哼！我也逐漸萌生了身為Live-ON開拓者的自覺嘛！今後就是我展露領導力的時代了！」

之所以會挑上這款遊戲做企畫，也是因為對於我這個企畫菜鳥來說，與其想破腦袋無中生有，不如從像創這款遊戲的框架下手，如此一來，我說不定也能孕育出有趣的活動呢。

：最近的小咻瓦愈來愈不像只靠著有趣撐場的存在了，真不妙。

：畢竟她的觀眾人數增加速度依舊勢不可擋嘛。不久之前還有人說她變不出新花招，現在這樣的聲音也消失了。

：要弄企畫啊？是打算在像創裡做什麼事嗎？

：應該是「突擊！鄰居的強〇晚餐」一類的節目吧？

：也可能是「突擊！和鄰居共度晚宵（別有深意）」喔。

：那不就是單純的夜襲嗎？

「真是的！你各位也太口無遮攔了！再怎麼說，身為主辦方的我是不能搞砸企畫的，所以準備的是正經的題材啦！其名為『Live-ON建築對決！擊敗一級建築師小咻瓦吧！』的啦！」

就讓我來說明企畫的內容吧！

這款遊戲能利用形形色色的方塊自由地構築，每個人打造出來的建築物水準高低卻大相逕庭，這究竟是為什麼呢？

沒錯！正因為能夠無拘無束地打造建築物，更能反映出個人的建築品味！

即使是將這款遊戲玩得滾瓜爛熟的高手，也經常會在建築方面敗給美感超群的初學菜鳥喔！

如此這般，這次的企畫便是找來直播主和我進行一對一對決，比拚彼此的建築物水準高低！

然而要是一再進行同樣的主題，難免會讓人感到乏味，所以我打算在每次的對決中設下些許限制。

好啦，是否會出現能扳倒我這個天生一級建築師的直播主呢？

就在我這麼向觀眾們說明之後……

：天生的一級（旗標）建築師。

：不好意思，我迄今都有追小咻瓦的像創直播，其中可有建築的場面存在？

：真沒禮貌，她不是挖了洞又搭了木頭棚架，還弄了個石造的障礙物嗎？

：別把小咻瓦使盡渾身解數搭建的石造平房說成障礙物啦。

：到處留下草包事蹟根本笑死。

：一開始沒想好設計圖的話，很容易變成那種玩意兒……

：Live-ON裡擅長建築的人很多，我已經能預知爆點了。

：要是晴晴出馬，就算有一千個小咻瓦也打不過。

：晴晴的建築功力真有這麼強？

：無論美感、速度或規模都是怪物等級的。但常常會在建築到一半的時候意外掛點而失去所有裝備。

：她喊著「想弄個自己的商標」而找了一片地圖進行大規模整地搞了地上畫，看得我都快嚇死了。

：就算找來一千個小咻瓦，也只會搞出一千個障礙物而已喔。

：是在搞路障來著？

「喂喂喂，你各位講得太難聽嘍！今天就會讓你們見識到小咻瓦的真本事，給我擦亮眼睛看好啦！做好下跪道歉的準備吧！況且我還做了各種限制和主題的準備喔！就等著你們喊一句『卡厲害』啦！」

：年輕？年輕是什麼？年輕就是不回頭！

：那不是卡厲害，是卡邦（註：1982年播映的特攝影集「宇宙刑事卡邦」）啦。

：有夠老的哏！

：咿——！咿——（註：典出「宇宙刑事卡邦」主題曲背景的吆喝聲）！

：變態紳士小咻瓦想到下流哏所花費的時間，僅有0．05秒（註：典出「宇宙刑事卡邦」卡邦變身時的旁白：「宇宙刑事卡邦蒸鍍戰鬥裝所花費的時間，僅有0．05秒。」）。

「啊，由於漫長的建築過程無論如何都會顯得單調乏味，我同時也會回覆蜂蜜蛋糕喔。另外視實際的建築主題而定，若是時程跨日，也有可能會隨興改到隔天公布之類的。還請大家輕鬆以待嘍！」

如此這般，就讓我努力地把企畫做得有聲有色吧！

目標是搞出能讓觀眾和直播主都大呼過癮的有趣企畫！

「那麼，由於對方似乎已經準備完畢，就有請第一位刺客上場的啦！具備著足以擊敗我的美感之人啊……還不速速現身！」

「呀呵——！祭典的光芒招來人群！我是祭屋光！」

「妳這樣一時興起跑來參加真的好嗎？我可是連同期都照吃不誤的女人喔。」

「唔唔唔！光我這次同樣是志在得勝喔！小咻瓦也做好覺悟吧！」

「小光，把剛剛的台詞用更像奇幻女騎士的感覺再唸一遍！」

「欸？呃——邪惡之徒，我是絕對不會輸給妳的！」

「啊哈——好想贏啊啊啊啊！既然都被這樣說了，就會忍不住想拿出真本事讓她喊出：『咕！殺了我！』呀啊啊啊啊！戰無不勝的女騎士還算什麼騎士嘛！」

「小、小咻瓦？妳怎麼突然胡言亂語起來？」

「咕殺！好想看小光喊出咕殺的光景！啊？可是我也想讓小光獲得幸福的結局！像是讓她喊

出：『咕！這沙威瑪也太好吃了吧！』之類的溫馨情節似乎也不錯！咕殺原來是沙威瑪嗎？」

「小咻瓦？小咻瓦——？」

「小光！妳是想被打得落花流水，還是想吃沙威瑪？」

「這什麼選擇啦？」

：？

：看來是已經酒酣耳熱，不會有錯的。

：小光超級困惑根本笑死。

：這次的藥會開給您多一點喔！

：我是小光的話會投沙威瑪一票吧。

「總、總之自介就先聊到這邊。接下來雖然將和小光進行建築對決，但在此之前得先公布建築主題的啦！」

「是我們昨天一起想出來的喔！主題是『三十分建築』！」

「規則正如其主題名，也就是以短短的三十分鐘時間為限，比較雙方的建築物完成度高低！呵呵呵，既然是比拚速度的主題，我應該很有勝算吧！」

「三十分鐘……也就是差不多能玩一輪黑〇靈魂的時間（註：此指RTA破關時間。最近的新世界紀錄為二十分鐘上下）呢！對光我來說相當充裕喔！」

「小光，別創造新的時間單位啦。能在這麼短的時間內破關的只有一小部分超級受虐狂而已喔。」

我在抬槓的同時進行著布置。

為避免看到彼此的建築物，我們拉開相當長的距離，並各自在一處平坦的地形進行建築。過程不受限於資源、一旦到了晚上就會出現敵人所以要馬上入睡、時間結束時未能建築完畢者就算失去資格——以上便是比賽的基本規則。

「好，淡雪準備完畢的啦！」

「好了好了！光也ＯＫ嘍——！」

「那麼，我這就啟動碼錶。準備——」

「「開始建築！」」

按下碼表的同時，為了不浪費時間想東想西，我便以浮現在腦海中的建築物藍圖為基礎，開始堆疊方塊。

由於這次的主題是短時間的建築對決，回覆蜂蜜蛋糕就留待下一場比賽吧。

儘管我們維持著通話，然而小光似乎也處於邊發出苦惱的低吟邊嘗試錯誤的狀態，所以還是盡量別出聲打擾她好了。

呃，大略的骨幹應該弄成這樣就行了吧——

咦——嗚哇，時間只剩下一半嗎？得再稍微加快建築的步調了。倘若顧著追求水準卻沒能完工，便本末倒置了。

小光似乎也專注了起來，漸漸減少沉吟。到頭來雖然偶爾會聽見她嘟囔著：「這樣啊……」或是「原來如此……」一類的話語，她卻幾乎都是一言不發地做著手上的事。

而隨著碼表傳來已經過三十分鐘的通知聲，建築的時間宣告結束。

嗯，我姑且算是完成嘍！

「小光——！先從我這邊開始發表吧！妳可以過來一趟嗎——？」

「啊，好喔——！」

好啦，和小光會合後，終於來到讓觀眾審視成果的時間了。

「那我就公布成果啦……登登！」

為了看清楚建築物的整體外觀，我先是來到較遠的位置，再將鏡頭轉了過去。

睜大眼睛看好了！這就是我親手打造的藝術品！

至於大家的反應則是——

：看這拐角部分呈現完美九十度的銳利外觀！

：犧牲了設計感，能用上全數腹地的機能性！

：若要用一個詞彙來形容，那就是！

：是豆腐啊。

：是豆腐呢。

：不，等等，屋頂上好像有放什麼東西，所以是涼拌豆腐吧。

看來完全不行嘛。

「唔唔唔……時間……要是能給我更多時間……」

「光我覺得很不錯喔！看起來可以塞很多東西，連我都想要來一間了呢！」

「小光，沒關係，妳直說像一座倉庫就行了……」

嗚，看到留言批評得如此狠毒，我想這下是輸定了。

這麼想著的我，垂頭喪氣地來到了小光成品的所在之處。想不到……

「奇怪？」

那裡卻看不見任何一幢建築物。

雖然地面上能看見零零落落的少量方塊……這是怎麼回事？

「呃，小光？妳的成品在哪裡？啊，難道說妳完全想不到點子嗎？」

「小咻瓦——我明白一件事了。」

「嗯?什麼事?」

「真正的野外求生,絕對不是如此溫吞的玩意兒。」

「嗯,但我們在比的應該是一場建築比賽就是了。」

「真正的野外求生更為嚴酷,光是搬運少許木材就得耗費莫大勞力,即便搭建的只是臨時避難所,也得花費數天的時光。想用三十分鐘搭建一個家,根本是不可能的任務。」

「完全沒聽我說話啊。」

「我想挑戰自己的極限,所以……我從今天起就要全裸上山,當個道地的野人!」

「妳該不會是瘋了吧?」

:笑死。 ¥1200

:小光的瘋病又發作了……

:喔,難道是探索頻道的艾德大哥嗎?

:我也稍微去做個野外求生的準備。

:你只是想看裸體而已吧。

:感覺會被化為野孩子的小光當成寶貴的蛋白質吃掉。

公布成績!由於對手沒有完成作品,意外地由淡雪獲勝!

我拚了老命阻止認真打算跑去野外求生的小光,感覺稍稍明白了詩音前輩的辛勞之處。

「嗨，小恰咪。謝謝妳今天來參加。」

「呃、嗯，我才要感謝妳邀我參加這麼有趣的企畫呢。」

「真的呀？哈哈，被小恰咪這麼誇讚，我都要覺得不好意思了呢。」

「那個……妳為什麼要用這種充滿呼氣聲的帥哥聲線說話呢？我在意到沒辦法專注蓋房子了……」

「哎呀，這是我為了熱愛聲音的小恰咪，特別想出來的歡迎方式喔？」

「小淡雪，妳要是這麼做，我就會在直播期間一直發出憋不住的噁心聲音喔，這樣也沒關係嗎？」

「沒關係喔。」

「真的嗎？」

「嗯。」

「啊啊啊啊啊！淡雪大人！再來！再多一點！唏唏——！請再靠近一點，以能聽見喉嚨震動的距離多低喃幾句吧！」

「好噁。」

「小淡雪，要用帥哥聲線的話就用得徹底一點，不然我會生氣喔？」
「咦？為什麼挨罵的是我？」
「真是的，如果再多聽上幾句，我的意識真的會飛到九霄雲外呢。還是開始進行企畫吧？」
「哦，不好意思。原本是來開發土地的，差點就變成開發耳朵了。」

：剛剛是不是有馬的叫聲？
：差點昏過去的小恰咪真是噁得可愛。
：帥哥聲線的水準莫名地高笑死。
〈相馬有素〉：我的意識飛走了。
：喂。

好的，如此這般，第二位刺客就是小恰咪！

至於建築的主題則是「豪宅」。截止期限設在我明天開台的那一刻，所以幾乎不用擔心時間問題，只要蓋到本人感到滿意就能收手，直到明天開台再來公布成果即可。

由於不用像和小光對決時那樣擔心時間，我們便以悠閒的步調談天說地，同時懶散地進行建築作業。

小恰咪的個性務實，所以應該不會像昨天的小光那樣因為Live-ON病發作，讓我不戰而勝。我這次一定要好好享受建築對決的樂趣！

「呼，地基差不多打好了。接下來是堆疊方塊，感覺這個流程會很單調呢。欸，小恰咪！如果沒打算把全副心思用在蓋房子上頭，要不要一起回覆蜂蜜蛋糕呢？」

「啊，好呀。我雖然還得花上不少時間，但要做的事情也都差不多呢。」

「OK謝啦！該從哪一項開始回覆呢……就這個吧！」

@看過組長和小恰咪這兩個例子之後，總覺得小淡有解放他人癖性的天賦呢。為此，我打算贈送小淡一個「本性解放」的稱號，您意下如何？@

「挺好的呀。其他像是癖性展開似乎也不錯呢？雌之呼吸或是裸體激動裝置也滿有意思的。」

「我開始擔心妳會不會真的惹到某些人了。」

@說到和杜鵑有關的詩句——

織田信長：杜鵑不啼，則予殺之。

豐臣秀吉：杜鵑不啼，則逗以啼。

德川家康：杜鵑不啼，則待其啼。

那小咻瓦又會怎麼創作呢？@

「杜鵑不啼，則侵犯之——這樣如何？」

「真討厭面對這種層級的黃腔已經可以面不改色的自己……」

「那麼，我要模仿被侵犯的杜鵑了，請大家聽聽。杜！杜！啊——！我敏感的地方要被杜到鵑鵑流淌嘍喔喔喔喔！咯咯咯咯咯（喘息聲）！」

「　　　　」

「呼，真是傑作。」

「啊，對、對不起，因為衝擊過強，我的意識一瞬間飛走了。真不愧是小淡雪，總是超出常人預期呢。」

「我會害羞啦。順帶一提，小恰咪會怎麼創作和杜鵑有關的詩句？」

「我？這個嘛……杜鵑不啼，則褒以啼……應該是這樣吧？」

「啊——真不錯，很有小恰咪的風格呢。像這樣的創作可以反映出每個人的個性，下次也問問其他直播主吧。」

：我聽到「咯咯咯咯咯」就不行了。

：感覺全日本的杜鵑都會逃往國外。

：快住手，小咻瓦！淡雪的清秀值已經歸零了！

：啊，說起來她原本是清秀派的呢，我還真的忘了這檔事。

：這下能在虛擬搞笑藝人界稱霸天下了呢。

1：備妥穿好桑拿服的小咻瓦。
2：讓小咻瓦喝下強〇，使她運動出汗。
3：收集排出的汗水放入強〇鋁罐並喝下。
4：真美味（登～愣登愣～）。
※小咻瓦有受過特殊訓練，是以排出的汗水會變成強〇，請勿模仿。@

「這是那個叫菁英強〇的玩意兒對吧！好懷念的哏！」
「菁英和強〇不是反義詞嗎？」
「哞哞哞！身為上弦之零的小咻瓦肯定是菁英沒錯的啦！」
「之所以沒出現在原作，應該是因為在路邊喝得爛醉，到了早上就被晨光燒成焦炭吧。這肯定是搞笑角色的翹楚呢。」
在回覆完蜂蜜蛋糕後，又過了好幾個小時。
儘管建築物外觀已大致成形，但我終究敵不過湧上的睏意。
看來是時候做關台的準備，讓小恰咪去睡了。
「小恰咪——？妳那邊的進度如何？」
「唔……恐怕還得花上一段時間呢。我會再努力一下，妳可以先去睡喔。」
「哦——有夠認真。那我就恭敬不如從命，準備去睡啦。真不好意思……」

「沒關係啦，我只是自己想蓋而已。妳別放在心上，儘管去睡吧。」

「謝啦～那明天晚上就來公布成品嘍——……」

「瞭解。呵呵，妳真的快睡著了呢。晚安。」

「晚安……滲出的混濁紋章、傲慢瘋狂的容器、湧起．否定麻痺．妨礙時間的睡眠、爬行的鐵之公主、不斷自我毀滅的泥人偶、結合吧、徹底瞭解……自己充滿地面的無力。破○之九十．黑棺一個（註：典出漫畫《死神》「破道之九十．黑棺」的完整詠唱句）。滲出的混濁紋章中略黑棺兩個。滲出的混濁紋章中略黑棺三個……」

「妳入睡的習性還真奇特。」

：傲慢瘋狂的容器（鋁罐）。

：滲出的混濁紋章（酒精濃度9％）。

：不斷自我毀滅的泥人偶（小咻瓦）。

：這是新的自介格式嗎？

：說什麼妨礙睡眠，根本就是要呼呼大睡了吧。

雖然已是意識迷濛的狀態，但我依舊發揮鋼鐵般的意志好好關台，隨後才接受了來自夢鄉的邀約。

到了隔天。

「那是誰？是誰？是誰？那是小咻瓦啦！如此這般，今天也要活力充沛地直播的啦！由於今天接續昨天的內容，我打算先和小恰咪進行通話——」

「啊，小淡雪！我等妳很久嘍！終於到公布成果的時候了呢！」

「哦、噢？」

奇怪，小恰咪平常有給人這種興致高昂的印象嗎？總覺得和平時相比，她今天的聲音格外有幹勁。究竟發生了什麼事？

「小恰咪今晚很有活力耶。怎麼了？」

「哎呀，是這樣嗎？呵呵，大概是因為我做出了好作品，才會如此雀躍呢。」

「哦，也就是說，妳有好好完成建築物了？」

「是能讓我抬頭挺胸地拿出來介紹的等級喔。妳就好好期待吧。」

喔！有社交障礙、言行缺乏自信的小恰咪居然表現得如此信心滿滿，該不會真的造出了什麼世界奇觀吧！

我雖然不想輸，但內心終究還是有些期待她的成果。

那麼，既然都已經相隔一天了，趕快來公布結果吧！

首先從我開始！

「我打造的豪宅——就是這個啊啊啊！」

……喔！

……看這宛如墓碑般，充斥著直角的銳利設計！

……只為了收納而收納，與東京林立的高樓大廈相仿的外觀！

……若要用一個詞彙來形容，那就是！

……是縱長的豆腐啊。

……是縱長的豆腐呢。

……雖然很大沒錯，但要說這算不算豪宅……

……嗯，我能深深理解她已經下足了苦功。然而正因如此，更是感到哀傷……

……嗯！妳很努力了！努力得很了不起喔！

「咦，大家講話是不是都帶了些淡淡的哀傷？比起被痛罵一番，這種反應好像更難受耶……」

「放心吧，小淡雪，如果是在信奉共產主義的國度，妳那種極具機能感的建築工法一定會備受讚賞的！」

「這是在誇我嗎？」

嗚，這次也是以失敗收場嗎？難道我不得不承認自己是個三腳貓建築家了嗎！

不，尚未到最後關頭！我還不見得會輸！我會持續抵抗，直到最後一刻來臨為止！

「那麼，接下來輪到我了。」

「我做好覺悟了……請指教！」

「我打造的……就是這個！」

「……嗯？」

由動作來看，小恰咪所指示的畫面中理應存在著建築物才對。

但不管怎麼看，矗立於該處的人造建築物……如果比喻得難聽一點，就像是公園裡面的公共廁所，是間小到不行的簡陋小屋。

「小恰咪，這是……」

「呵呵，進去看看吧。」

「喔、好。」

看來這間小屋真的就是她的成品。

儘管內心狐疑不已，我依舊試著走進小屋，隨即發現屋內開了一個一格方塊的洞穴。

這個洞穴……好像可以沿著梯子往下走？

「呵呵，下去看看吧。」

此時我已經預期到地下室才是她真正的作品——然而在攀著梯子來到地底後，眼前的光景卻顛覆了預期……不對，是遠遠超乎我的想像。

攤在眼前的是一片新世界。

我沒有說謊。宛如一整片的雪原、沙漠或大海那般的嶄新世界，就存在於這個空間。

各處都能散見雕琢岩層打造出來的精美石塑，中央處甚至矗立著宛如古代文明遺址般的超巨型柱狀紀念碑。

更讓我感到驚訝的是，地底的建設範圍甚至超出遊戲裡的可視距離，讓人無法想像此處占地究竟有多麼寬廣。

綜上所述，這裡確實成了自成一格的世界。

若要為這裡取名，恐怕就是——

「地底帝國——？」

嗯，就是這個名字了，不會有錯的。

「欸？怎麼回事？好厲害！妳是怎麼做到的？」

「呵呵呵！我一動手就停不下來，所以直到剛才都還在埋頭苦幹，這才終於告一段落喔！」

「嗄？咦？妳從昨天開台一路工作到現在？」

「對呀，我可是目不交睫，全心投入在這檔事上呢。」

啊……原來如此，難怪她的情緒會莫名地如此高昂，這完全是因為她正處於熬夜的亢奮狀態！

「這規模也太奇怪了吧……應該說它算得上豪宅嗎？」

「少囉嗦！這對我來說就是豪宅呀！我會將地底帝國的規模遍及Live-ON直播主們的生活圈，從地下竊聽大家的說話聲取樂，同時過著見不到任何人的自制生活！這就是『咪』國夢！」

「居然是竊聽全球的計畫？妳幹的事根本一點也不自制吧！」

：開〇老弟、班〇，你們的夢想實現嘍。

：不不，那兩位也沒把完成地底帝國當成目標吧……

：在關台之後也一個人在搞建設啊……

：下方的世界（物理）。

「小恰咪。」

「嗯？怎麼啦？」

儘管想講的話堆積如山，但總之最先該說的還是這一句。

「去睡覺。」

裁定——當聊天室也鬧哄哄地討論過一輪後，認定這並非豪宅，所以是淡雪勝利！

雖然這麼講感覺有點奇怪，但我居然能連贏兩場啊……

如此這般，在連勝兩場的狀況下，最後一名刺客即將登場。

儘管這輝煌的戰績完全是建立在對手們自行棄賽的前提上，不過既然都走到這一步了，我就希望能來個全盤皆勝的結局呢。

「好啦，讓我們熱烈歡迎最後一位來到我面前的刺客——」

「久等了，等很久了嗎？大家的聖大人來嘍。」

「就是這個東東。」

「哈哈，我稍微睡過頭，來不及好好打理，於是就全裸上陣啦。」

「請回家吧。」

「歡迎回來。喏，都是因為妳想聽迎賓台詞，聖大人可是用上了渾身解數的帥哥嗓音作為禮物嘍。真是的，淡雪真是個愛撒嬌的孩子。」

「好險好險，幸好我有事先戳破耳膜。」

「居然想用耳膜深處將我的聲音攝取入體，真是個可愛的小傢伙，都讓我開心起來了呢。」

「這位前輩還真是萬夫莫敵呀。」

在此鄭重介紹，協助本次企畫的最後一位來賓，是一如既往地以全裸外觀登場的聖大人。我說什麼都不想輸。

：感情還是一樣融洽啊。　¥３００００

：性大人能夠吸收來自各種屬性的攻擊，所以無法造成傷害。

：這個東東（變態純正百合信徒）。

「呵呵。話說回來，淡雪居然能擊敗那兩個強大的對手來到我面前，真的很了不起呢。我在此拋出一個提議——要不要和我聯手呢？妳若是向我效忠，我就分妳一半的成人玩具（註：惡搞遊戲「勇者鬥惡龍」一代與最後頭目「龍王」對峙時的台詞）。」

「這會讓我家變成情趣用品店，所以我心領了。還有，這次的企畫也不是淘汰賽喔。」

「我給妳的都會是用過的玩意兒喔？妳可以開設聖大人原味情趣用品店喲？」

「真是罪孽深重的店舖。這就是真正的黑心產業啊。」

「妳在說什麼啊？」

「啊——真想把您扔到海裡去。」

「這樣做真的好嗎？聖大人可是會變成水〇俠喔？水〇俠的水潤潤小〇要被三叉戟刺得噗滋哈哈哈！」

「可以不要讓情緒震盪得像是在擼管一樣嗎？」

真是的，要是再這樣抬槓下去就沒辦法好好講話了，還是強硬地開始進行企畫吧。

關於慣例的建築主題，由於是最後一戰，我們決定不設下任何限制，讓雙方自由發揮。雖說要打造什麼建築都沒問題，但也可以說比起有所限制，這樣的主題反而更加看重建築師的個人美感。

不過，我的內心其實早有藍圖。比賽開始的當下，我就展現出前所未有的果決態度搭建起建築物了。這算是身體搶在頭腦前面行動的狀態吧？

這下子……我說不定能弄出一座不得了的建築物啊。

聖大人也一如我的預期，正老神在在地搭建著建築物。照這樣看來，似乎能夠期待彼此端出出色的成果呢。

在這之後，我們夾雜著適度的閒聊，專注於搭建建築物上頭。不過因為用眼有些過度，於是我們暫且擱下手邊的事，開始回覆蜂蜜蛋糕。

@ ／￣強〇
@ (´・ω・`)／
(　つ／
＞＞

「嗯，這已經不是文章而是繪圖了呢。雖然畫得很好，但我不曉得該怎麼回答才好耶？」

「感覺跟匿名且神出鬼沒的班〇西一樣，聖大人看了為之感動喔。」

「咦，難道這有那麼一絲可能性是班〇西親臨嗎？我這下興奮起來了！」

「這幅繪圖究竟蘊含了什麼樣的深意……看來有考察的必要呢。」

：想不到藝術大師居然特地來推銷強〇笑死。

：哎、哎呀，只是想想的話也是個人自由嘛。

：這兩人的思路真的和脫韁野馬沒兩樣www

@小咻瓦逐漸以色情代言人的身分名震天下。我在此提出一個建議。您不妨趁機挑戰聖大人，當上Live-ON首屈一指的色情代言人，試著成為「強〇代言人」和「色情代言人」的雙冠王如何？@

「人家都這麼說了，淡雪，要試著撂倒我嗎？」

「我是沒什麼意見啦，但要用什麼方式競爭？」

「好，就這樣說定了。那麼從現在開始進行色情詞語接龍，勝利的一方就能拿下冠軍寶座。」

「這是什麼褻瀆詞語接龍的比賽啊？」

「那就從聖大人開始說嘍。小〇雞。」

「這下比賽不是結束了嗎（註：日本的詞語接龍一旦講出以「ん（n）」結尾的詞句就會立刻判負。小〇雞的日文為「おち〇ちん」）？」

「呵，我雖然輸了詞語接龍，卻守住色情代言人的名號。這就是贏了勝負輸了比賽吧。」

「快來人救救我。」

@聖大人不直播時，也是狂開黃腔的個性嗎？@

「我會考慮場合和氛圍之後才開口，算是很循規蹈矩喲。畢竟要是開黃腔開過頭，自己的人生便可能會被逼上絕境，大家開口之前都要審度當下的情況喔。」

「咦，好意外。我還以為『循規蹈矩』這四個字是離聖大人最遠的詞彙。」

「不過正因為平常不講，等到真正開黃腔的時候，才能讓感動之情翻倍嘛！」

「居然只是吊人胃口的玩法喔。」

：詞語接龍的節奏根本笑死。

：深愛直播主們的小咻瓦唯獨在對上聖大人之際會變得口不擇言，超級喜歡。

：弦外之音太多了，說服力有夠強的。

：聖大人不愧是性大人。

時間再次流逝，來到了隔天的夜晚。

由於最後的建築物皆已落成，接下來便是公布的時刻。

「聖大人，迄今都是由我率先公布。但如果您不介意的話，這次能否讓我稍後再發表呢？」

「嗯？有什麼原因嗎？」

「因為我有必勝的把握。主角還是適合在最後一刻登場吧？」

「哦——妳可真敢說呀。好啊，就由我打頭陣吧。不過我也挺有自信的，就算妳最後醜態盡出，我也不會負責喔？」

「呵呵，請別讓我贏得太過理所當然喔？」

如此這般，我來到聖大人的建築物落成處。

……嗯，雖然是抵達了沒錯……

在看似成品的建築物逐漸映入鏡頭的同時，我的雙腳也拒絕向前移動，一股想要逃跑的衝動隨之湧上，讓我險些轉身就走。

「睜大眼睛看清楚了！這就是聖大人精心打造的大鵰……不對，是大作！」

矗立在眼前……不對，朝天挺立的那個玩意兒，是一根前端不自然地膨起，縱長約三十公尺的物體。

嗯，我可以回去了吧。

：出局～！

：她真的幹下去了……

：這真是一根美妙的成人松茸呢。

：哦，這不是新阿姆斯特朗旋風噴射阿姆斯特朗砲嗎？完成度真高啊喂。

：我原本就在猜她說不定會這麼做，想不到真的做了……

：這需要上馬賽克了吧……？

「居然做了假陽具。聖大人，您太讓我失望了。我們今後難道就得在存在著這種俗氣之物的世界生存下去嗎？不如趁現在炸掉它，藉此去勢算了？」

「不，淡雪，妳先別急，現在下評論還為之過早。妳跟我過來一下。」

「好啦好啦。」

我勉強挪動沉重的雙腿，追上聖大人的背影，隨即看到一根拉桿。

而拉桿和那玩意兒之間連結著一條線……這就是所謂的回路嗎？

話說回來，我雖然沒有親自嘗試過，但這款遊戲若是能透過回路連結各個方塊，似乎便能讓方塊動起來的樣子。

「Let's OTINTIN（小○雞） Time.」

難、難道說——？

喀嚓喀嚓喀嚓喀嚓喀嚓喀嚓喀嚓喀嚓！

性大人一拉下拉桿，大鵰隨即宛如痙攣一般，以驚人的速度開始抽動了起來！

「居然不是假陽具，而是震動棒嗎——？」

「Beautiful……不對，說是Beautintin（小○雞）furufuru（奇怪龍）比較正確吧。」

：大草原。

：有夠吵的笑死。

：這動得有夠滑順，到底是用上了什麼樣的回路啊……

：Beautintinfurufuru，一起出聲朗讀日語吧。

：這是英語吧。

：這也不是英語吧。

：是淫語呢。

：若是讓英語圈的人開口，應該就會被認定為beautiful的最高級吧。

：CongratulVivelation（按摩棒）!

儘管被表現如常的聖大人耍得團團轉，但接下來終於輪到我了。

仔細想想，我似乎把這樣的題材交給了最不該自由發揮的人呀……

然而現在後悔也無濟於事。況且只要看到我接下來發表的建築物，大家肯定就會把剛才那個根本算不上建築物的玩意兒給忘個精光。

迄今一直把我喊成豆腐專賣店的觀眾們啊，你們看清楚了——這就是我灌注靈魂打造的絕代手工精品！

：花惹發？

：難、難以置信……

：這……已經是實物照的水準了吧？

：人類竟已如此接近真理了嗎？

：看這被打磨得不留稜角的美麗圓柱外型，以及環繞周遭的刺眼裝飾。

：最吸睛的部分莫過於讓人不禁想擦拭嘴角的水潤檸檬。

：若要用一個詞彙來形容——！

：不就是強〇嗎！

：笑死，這兩人真的是奔放過頭了。

：剛剛還為聖大人的建築物倒彈的人物，便是這個物體的建造者。

：是說這是不是有點大？看這高度感覺超過了六十公尺啊。

：最讓人害怕的點在於她是毫不猶豫地以超高速搭建而成的。只花了一個晚上就完成真的有夠恐怖。

：而且她完全沒看圖片作為參考。聽到她喊著「身體已經告訴我它長什麼樣子。」並開始動手時讓我笑了。

：是強〇匠人呢。

：從豆腐專賣店轉行酒類專賣店了呢。

：這下高下立判了。

：水準高得噁心。

「我在此獻上這件作品。願全世界都能受到強〇庇佑。」

「好屌，這是新阿姆強〇旋風噴射阿姆強〇砲嘛，完成度有夠高的啊！」

最後全場一致同意由我勝出。獲得全戰皆勝的成果，真是太棒啦！

「這檔事有回憶的價值嗎？」

從回憶的世界裡歸來的我一睜開雙眼，便忍不住吐露這麼一句心聲。

咦？一般而言，所謂回憶應該都是要勾出一些扣人心弦的橋段不是嗎？以剛才的回憶來說，聖大人根本只是在企畫的最後階段全裸登場，講了一口黃段子的可疑人士吧？與平時根本沒兩樣呀！

「……不對，正因為看起來和平常一樣才教人在意。」

我們所認識的聖大人，總是無時無刻維持著「聖大人」的風範，擺出愛耍帥的態度，以無下限可言的黃段子炒熱直播氣氛——而我只認識這樣的聖大人。

正因如此，我完全不明白現在的聖大人在想些什麼。此時的她是我首次見識到——和平常不太一樣的聖大人。

「真是的，她到底在想什麼啦？」

我雖然嘴上叨念。不過就像剛才回憶的像創合作那般，和聖大人的合作總是為我帶來快樂的回憶。

儘管我個人有些不想承認，然而總覺得她最近逐漸成了豬朋狗友般的定位……不過，她終究是讓我萌生動機加入Live-ON的其中一員，也是在加入後多方關照我的恩人。我希望這位恩人能一直展露毫無陰霾的耀眼笑容。

「但關於這次的事件，我似乎出不了多少力呢……」

我能感受到聖大人散發著不希望旁人過度關切的氛圍。看來在她本人發出求救訊號之前，我還是別輕舉妄動，像往常那樣進行直播比較好。

「為了讓她視我為能夠依賴的對象，我就轉換情緒，抬頭挺胸地好好直播吧。」

我為自己加油打氣，隨即製作起今天開台的預覽圖。

去小有素家借宿

「嗯？快到站了啊。」

坐在新幹線座位的我，茫然地眺望著窗外宛如強制捲動關卡般的風景，並享受著在舒適的晃動中產生的睡意。但這樣的時光似乎到了盡頭。

我勉強抬起依依不捨的下半身，拎起手提包，告別了心愛的文明利器。

「這裡是好天氣呢——」

儘管東京多雲的天空曾讓我有些擔心，這裡的天空卻是萬里無雲，唯有太陽高掛。

好啦，離開新幹線後，就輪到另一個文明利器——GMAP出動的時候了。

運用導航功能設好目的地，接著只要沿著路線前行即可。我由衷感謝現代科技之進步。

受到和東京截然不同的開闊風景治癒心靈的我，在邁步的同時回想起之所以出這趟遠門的來龍去脈——

與鈴木小姐開完會的那天晚上，我以言出必行的決心面對電腦，開了一場遊戲直播台。

早在和聖大人合作之前，我就開始在玩這款遊戲了。這款遊戲做得相當精良，甚至讓我這週幾乎都以單人直播的方式樂在其中。

而這天是值得紀念的破關之日——我沉浸在感人結局的餘韻當中，心滿意足地關掉直播畫面。不過……

「…………奇怪？」

此時我突然察覺到——自己這一週的生活內容竟是荒唐如斯。

我竟然整整一週都沒出過門，甚至連食材也沒買，把存糧吃了個精光。拜此之賜，我完全沒碰見任何人，而且還狂嗑強○。

一整個星期，我都過著與世隔絕的生活。

這再怎麼說也太不妙……剛好遊戲也破關了，不如就找個人外出遊玩，藉此休養生息吧。

「啊，對了。」

畢竟機會難得，不如邀約聖大人來個線下出遊吧？

只要我不主動觸及收益被沒收的事，聖大人就能開開心心地玩樂一番，說不定有助於讓她重整心情。

想到這裡，我立即寫下了邀請聖大人的訊息。

〈心音淡雪〉：聖大人方便的話，明天要不要一起放個假出去玩呢？我這一個星期都沒外

出，整個人都要變得乾涸了。

幾分鐘後，對方回了訊息過來。

〈宇月聖〉：小聖聖！那起事件讓妳很難受吧……(^_^;)不過沒關係！老子我無論何時都是站在小聖聖這一邊的喔(*^^)v對了，雖然有些唐突，但我想問問小聖聖喜歡什麼樣的料理呢？明天一起去吃飯吧！當然是老子我請客啦~♪讓我們吃些好吃的東西，把煩惱拋得遠遠的吧！只要和老子我一起遊玩，就連被窩裡都會變成天國喲(￣∀￣)——就是這麼回事吧？

〈心音淡雪〉：請當我沒說過。您自己一個人去找個遊樂園玩吧。

〈宇月聖〉：開玩笑的啦。謝謝妳邀我。但我明天得開會處理那件事，還有許多行程卡在一起，所以這幾天沒有出去遊玩的閒暇呢。不好意思，讓妳掛心了。

〈心音淡雪〉：我明白了。我一個星期沒出門是事實沒錯，但您不用放在心上喔！

〈宇月聖〉：積累一個星期應該很難熬吧？快找其他的直播主抒發一下。

〈心音淡雪〉：您講得真難聽……

唔嗯——被她拒絕了啊。

哎，這也沒辦法。但我再不出門的話是真的很不妙，所以還是遵照聖大人的建議，在群組對話裡邀約其他直播主外出吧。

〈心音淡雪〉：最近有哪位想和我一起出遊嗎？即使住得較遠，我也會開開心心地造訪

的。

〈相馬有素〉：請務必來我家是也！

從送出訊息到收到回覆，僅過了短短四秒。

我雖然很想吐槽「妳根本是在監視我吧」，但既然是小有素，也只能說無可厚非。

如此這般，我的遊伴就決定是第一個回覆的小有素。不過她的住處似乎在遙遠的外縣市，所以我就決定前去借宿一晚了。

要去那個小有素的家住一晚……雖然多少有點不安，但她骨子裡是個好孩子，應該不會出事吧。嗯，就相信不會出事吧。

「喔，是這邊嗎？」

我邊欣賞風景邊前行，轉眼間便抵達GMAP所指示的一間獨棟平房。

說起來，她曾表示自己是和雙親一起住呢。我由衷感激伯父伯母允許我突然上門借宿。不過今天雖然並非假日，但既然要住上一晚，想必會和她的雙親碰面。這不免讓我感到有些緊張。

總之，先通知小有素我已經抵達了吧。

〈心音淡雪〉：我到嘍——

〈相馬有素〉：瞭解是也！門沒鎖，請進！

看來她已經準備周全了。

喀嚓。

那就容我打擾——

啪噠！

打開家門的瞬間，我的身體不僅下意識地拒絕進門，反之更做出了關上門扉的反應。

我隨即以光速般的動作聯繫起Lovely my angel。當然我和某個妹控主角不一樣，對方沒有拒接我的來電。

————♪

「喂喂，咱是真白白喔——小淡找咱有什麼事？」

「啊，真白白，突然打給妳真不好意思。我現在跑來小有素家玩了。」

「啊——妳好像有在聊天群組裡講過呢。怎麼了嗎？」

「我剛剛才抵達，打開了她家的家門，結果看到一個很可怕的玩意兒，正不知道該怎麼辦。」

「很可怕的玩意兒？」

「有個只穿著內衣褲的變態女人站在玄關口啊。」

「咦？真的假的？」

「對啊。更誇張的是，她不知為何把內褲戴在頭上，還拉到遮住雙眼的程度。至於胸罩則是被她穿在下半身，感覺像是被當成內褲。」

「嗚哇，這真是來了個很糟糕的傢伙呢。咱覺得立即撤離現場比較好喔。」

「還有、還有更誇張的喔？她不只把一對咪咪裸露在外，還用乳頭吊著用線綁住的強○空罐喔。」

「啊，看來是小有素本人呢。小淡這麼受到愛戴，真是太好了呢。」

「快說妳是在說謊啊小真——！」

「上一個這麼叫咱的還是晴前輩呢。」

總之我姑且結束通話，再次搭上了門把。

真白白真會瞎說。縱使是小有素，也不可能做出這種和有瘋狂神經病之稱的聖大人層級相仿的行徑才對。

真是的，既然我剛好在現場，便只好再次挺身而出，查出那個變態的真實身分吧。

小有素，要等我喔！就由我洗刷妳的冤屈吧！

喀嚓！

「I'm a strong human. a, li, ce alice! a, li, ce alice! a, li, ce alice!」

「騙人的吧！！！」

看到在自我介紹的同時跳起舞蹈的變態女郎，我的慘叫聲隨即迴盪在玄關之中——

「嘶——哈……嘶——哈……」

我轉身做了好幾次深呼吸，好不容易穩住情緒，姑且關上大門以避免被外人看見，並再次與占據玄關的合成獸對峙。

「呃——總之妳是小有素沒錯吧？如果搞錯人，我會立刻轉身逃跑的。」

「報告！相馬有素來報到了是也！今天您不遠千里地來訪，讓我感激涕零是也！」

「嗯，這樣啊、這樣啊。能和妳見面也讓我很開心喔。可是呀，妳這身打扮……是經歷了什麼前因後果，才會變成這樣的？」

我首先針對她那身不知道能不能稱之為服裝的打扮做了吐槽。

真奇怪，眼前明明有個幾乎全裸的年輕女孩，我卻沒產生絲毫興奮之情，眼球甚至正強烈地拒絕讓她進入我的視野之中。這若是基於害臊所衍生的抗拒之情該有多好。

「由於淡雪閣下要蒞臨寒舍，我認為若不精心打扮便是失禮，考慮再三後就決定穿成這個樣子了是也！」

「麻煩妳詳細說明一下『考慮再三』的內容！」

「瞭解是也！首先，由於打算獻身給淡雪閣下，我是以只穿著內衣褲作為前提的。」

「原來如此。要是一一吐槽沒辦法讓話題進展下去，總之姑且先聽妳講完吧。」

「那個，因為我生性害羞，一旦與最為尊敬的淡雪閣下見面，有可能會因為小鹿亂撞而無法好好說話，才打算將雙眼遮起來是也。但我難以用胸罩好好遮住眼睛，於是靈機一動，想出戴上內褲的點子！」

「……好的好的。然後呢？」

「然而如此一來，下半身豈不是會完全暴露在外嗎？我覺得這樣終究不是一件好事，因此靈光一閃，湧現把胸罩穿在下半身的點子！」

「嗯嗯原來如此，妳還沒說完對吧？」

「是的。對於自然而然地裸露在外的胸部地帶該如何裝扮，我苦思了良久良久，才想到應該附上一些會讓淡雪閣下感興趣的物品，藉以彰顯我是個貼心的女人。」

「想到之後呢？」

「我將強〇空罐繫上繩子。」

「將強〇空罐繫上繩子之後呢？」

「把空罐吊在我的乳頭上是也！」

「這樣呀，原來吊到乳頭上啦。空著乳頭不用確實很浪費呢。」

「就是這樣是也！」

…………

「妳的腦袋不要緊嗎？」

我拚了命忍住途中好幾次湧上的吐槽衝動，最終歸結成這麼一句。

糟糕，我至今雖然遇上了不少強者，但這孩子的糟糕程度完全屬於最頂尖的那一批。她是貨真價實的狠角色啊。

「哎呀，難道您不喜歡我這身決勝內衣嗎？」

「我才想問妳為什麼會覺得這身打扮沒問題呢？還有，妳這身確實契合著『決勝』二字，但對決的對象不是我，是這個世界就是了。」

「唔——果然身材貧瘠這點是硬傷呢。我得多吃多動才行！」

「我不是在說那個……不對，總之妳能先換套正常的衣服嗎？這下我都不曉得該把眼睛放哪裡了。」

「您難道興奮起來了嗎？」

「不，我感到很絕望。」

「唔——我明天開始要喝很多很多牛奶是也……」

「不對，我不是在說那個……」

總覺得對話一直銜接不上，讓我感受到強烈的文化衝擊……

「不過衣服得去我房間拿。總之希望您先進門是也。」

「好的……」

「啊——！要進來（家裡）了！淡雪閣下要進來我（家）的裡面了是也——！」

「我可以回去了嗎？」

「不可以是也。」

我心如止水地脫掉鞋子，跟在不時拉起內褲確認路徑的小有素身後。

「現在（鏗）正（鏗）在（鏗）——」

「嗯，那個吊在兩粒乳頭上面的玩意兒還是先用手拿著，或是用某種方式固定住吧。不然每當妳走動之際就會發出聲響，根本聽不懂妳在說什麼呢。」

「哦，這真是失禮了是也。那個呀，我的雙親目前正待在客廳。雖然要勞煩您一趟，但還是希望您至少能和他們打個照面是也。」

「咦，現在才剛過中午，令尊令堂就已經到家了？」

「是的。我雖然也感到很吃驚，但他們似乎是為了招待今天的貴賓，特地向公司請了假是也。」

「真的假的……」

嗚哇，我超不習慣這種氛圍的，總覺得有點緊張呢。我還是頭一次去見直播主的家人耶。

應該說！既然伯父伯母都在，請您阻止一下令嬡的變態行為啦！這不管怎麼看都很突兀吧！

不對，等等。既然女兒是這副德性，該不會雙親也——

「這裡就是客廳。不過日用品堆得到處都是，一點都不乾淨是也。」

「咕嘟……」

小有素毫不猶豫地打開了房門。而映入我眼裡的光景則是——

「媽媽——！爸爸——！貴賓來嘍——！」

「打、打擾了！今日唐突造訪，本人深感……嗯？」

做好覺悟，準備踏入決戰戰鬥場地的我，並不像小有素那樣老神在在，而是下意識發出鬆懈的喊聲。

其理由自然是因為小有素的雙親正閉著雙眼，昂然而立。不過眼前的光景究竟該怎麼描述才好呢……

倘若硬要以言語形容……好吧，這兩人所呈現的情境實在過於缺乏一致性。

在西式格局的客廳之中，看似伯母的那位不知為何手持紙扇，穿著大紅色和服；站在另一側，看似伯父的那位頭上則綁著一字巾，上半身穿著看似束腹的衣物。

而最為莫名其妙的，莫過於伯父拿在手裡的雄偉木杵，以及夾在兩人之間的一口臼。

這是……搗麻糬的工具？

兩人沒理會因為混亂而說不出下半句話的我，驀地睜大雙眼！

「登噔登登登登登登、登噔登登登登登登♪才以為女兒當上了VTuber——結果成了強〇成癮者——♪」

「什——麼——？居然搞這麼大？男人就該閉上嘴——」

「王八羔子——！」

咻！跑跑跑跑！————♪

我轉過身去，再次以光速般的速度聯絡起真白白。

「真白白，妳這種立場對調的電話詐騙手法還真是嶄新呢。」

「啊，喂喂，是我是我。怎麼啦？想借錢給我了嗎？」

「呵呵，咱就是忍不住想開個玩笑嘛。所以說小淡，又怎麼了嗎？」

「啊，我現在啊，正與小有素的雙親見面呢。」

「咦，真的嗎？那會很緊張吧？可別做出失禮的舉動喔。」

「不不，重點在於她的雙親不知為何分別發出了小梅○夫和冷酷○可（註：小梅太夫和冷酷波可（クールポコ）皆為日本的搞笑藝人）的吆喝聲呀！」

「呃？咦？那是什麼狀況？妳現在該不會是在滑冰場吧？咱指的是方便做出滑倒反應的這部分。」

「況且呀，他們的默契超不合拍，講到一半的哏都被對方打斷了！」

「哎呀，如果兩人默契十足反而更可怕呢，尤其是扮小梅的那一位。」

「這下糟糕啦！看到這樣的夢幻組合，讓我興奮到不行啦！」

「嗯，這的確是夢幻組合呢。但這樣的組合還是留在夢裡算了。」

「別把小梅○夫和冷酷○可當傻瓜啦！我可是他們的重度粉絲耶！」

「小淡到底有多喜歡他們啊……也是啦，咱記得好像曾聽妳說過，妳最喜歡那種來來去去同一套的表演方式呢。」

呼，借助了真白白的力量之後，我總算再次冷靜下來。

好啦──

「欸，真白白。」

「嗯？怎麼了？」

「救我。」

「加油。」

「不要啊啊啊啊啊啊！」

真白白毫不留情地掛斷電話，再次將我拉回那處混沌的空間。

可惡的真白白，我下次一定要帶妳去吃好吃的東西，吃到妳撐著肚子求饒為止！

「這裡就是我的房間是也！請放輕鬆是也！」

「嗯，謝謝妳。」

與伯父伯母打過招呼後，我被帶到小有素的房間。總算能喘口氣了。

順帶一提，和那段驚天動地的初次接觸截然相反，我與那兩位的問候內容既順暢又平凡。在表演完後，兩人一向我搭話，就像是忘記自己剛才幹了什麼似的，展露出正常家庭的和藹雙親身段。

老實說，我真的快被嚇死了。連吐槽都還來不及，就被身穿戲服（？）的他們彬彬有禮地問候，讓我的突兀偵測器都快過載了。他們究竟是怎麼回事……？

他們看來絕非泛泛之輩啊……畢竟我詢問小有素後，也得到了「這種狀況算是家常便飯」的回應。

哎，一言以蔽之——這一家子都很不妙。

儘管他們看起來感情融洽，平日似乎也是歡笑不絕於耳，但就是每個人都太有個性了呢……

總之我還是打起精神，好好享受與小有素獨處的時光吧。

房間給人的印象……意外地還挺普通的？看起來就是平凡女孩的房間呢。

「您這樣四下打量房間，我會感到很害臊的是也……」

「啊，對、對不起！」

「不會。不過您再怎麼看，房裡也沒什麼大不了的東西喔？」

「嗯，老實說我嚇了一跳呢。我原本都做好心理準備，預期會看到貼滿我照片的牆壁之類的。」

「啊，那個在另一間收藏嗜好品的房間。」

「……」

此時就該明哲保身，當作沒聽見吧……

被領進小有素的房間後，坐在坐墊上的我，已經決定好下一個要採取的行動。

沒錯，那便是處理她那身與現代社會的倫理觀念對立的服裝。

要是維持原樣，我就得持續面對無以名狀的恐怖，所以還是讓她盡快更衣吧。

這種從意識深處油然而生的拒絕感與所謂的「日式恐怖」大相徑庭。若要為這種新分類命名，恐怕會是「強〇恐怖」吧。

「天乾物燥，兩罐強〇，小心火燭——（噹！）」

「快住口，這種宣導對我來說太有用……不對，別在那邊玩了，快點換衣服啦！」

好啦，費盡唇舌之後，她似乎總算願意換上普通的服裝。我這下終於能將四下游移的視線重新挪回小有素身上。

嗯——原來如此、原來如此……

「嗯，很好很好，妳有好好換上衣服，真了不起。」

「是！嘻嘻嘻，能被誇獎真是開心是也！這身服裝看起來可愛嗎？」

「是呀，我覺得是很少女風格的可愛洋裝喔，看來服裝沒問題了呢。至於……那個依然戴在妳頭上的是什麼玩意兒？」

「帽子是也。」

「（#゛ω゛）」

「內褲是也。」

「很好。」

儘管小有素換上了正經的服裝，頭上卻依然戴著一件遮住雙眼的內褲。

「妳自己應該也覺得很奇怪吧！難道小有素平常在家都是戴著內褲走來走去的嗎？」

「如果是淡雪閣下的內褲，我很樂意全年無休地戴在頭上是也。所以請給我您身上的內褲吧！」

「真虧妳在這種情況下還能做出這種要求？我怎麼可能會給妳啦！」

「我會維持不洗的樣貌，珍重地對待它喔？」

「這算是珍重嗎……？」

小有素說什麼都不肯摘下內褲。

我隨後才想到或許是有什麼隱情，導致她不肯摘掉。

若是如此，硬要她拿掉未免太可憐了。就在我無言地沉默下來，苦惱著該怎麼做出反應之際，坐立難安的小有素自行解釋了起來：

「那個，誠如我在玄關所言，我的個性極度怕生，所以恐怕是沒辦法看著您對話的是也……」

「啊、哦，原來如此。我原本以為那是妳一時興起胡謅的，原來妳真的很怕生呀。」

「是的。說來慚愧，其實我之所以一直表現出『相馬有素』的形象，也是因為真正的我會過於害臊，無法和您好好對話。」

「啊，妳講話的口吻確實和直播時的語氣一樣呢。」

由於小有素在我內心的印象過於強烈，我一直沒有感受到不對勁的部分。然而現在不但是休假，還是非直播時段，就算再放輕鬆一點也無妨才對。

換句話說，包含頭戴內褲等種種行為，都是她為了能和我正常對話而制定的計畫。

這麼一想，就覺得她這樣的行為倒也滿可愛……的……嗎…………嗯、嗯，至少動機是很可愛的！外在觀感便姑且不論了。

「如此這般，我才會把內褲戴在頭上是也。」

「我明白了。但要是一直有個變種變態假面在眼前晃，我也會不斷感受到莫名的壓迫感呢。

要不要摘下來一次試試看呢？喏，一點都不可怕喔。」

「嗚嗚嗚……您不會覺得我是個講話不看人，也不能好好接話的無聊女人嗎？」

「放心吧，我認為小有素尊敬的對象並非這種心胸狹窄之人喔。喏，試試看吧？」

「好的……」

心慌意亂的小有素總算聽進我的勸說，將內褲從頭上摘了下來。這還是我們頭一次好好看清楚彼此的臉孔呢。

然而，在短短地四目相交後，小有素隨即以雙手摀住臉孔往後一倒，發出苦悶的呻吟。

「妳、妳怎麼了？」

「啊……看到了，我終於用自己的眼睛看到了淡雪閣下的尊容！」

「尊容是什麼鬼……」

「實在太過神聖，我的雙眼都要看不見啦！」

「不不，沒這麼誇張吧。」

「嗚～～！」

小有素一直站不直身子，就這麼倒在地上擺動著手腳。

該怎麼說……這樣的表現還挺可愛的。

就言行舉止出乎意料這點來說，她的確不負Live-ON的直播主之名。但到了此時此刻，我才想起她骨子裡其實是個景仰我的後輩，確實是個惹人疼的存在。

雖然只稍稍瞥到一眼，不過儘管露出不安的神色，她仍舊有張討人喜歡的妹妹型臉蛋，與平時直播的形象有著驚天動地的反差。她想必是那種看似內斂，但只要戴上一層面具，就能展露出內在性格的女孩吧。

「喏，總之慢慢放輕鬆吧？啊，話說回來，小有素要是方便，可以告訴我本名嗎？喏，難得在線下見面，不如就重做一次自我介紹吧？」

「啊、那個……我叫嚴島步……」

「原來是小步呀。我是田中雪，多多指教喔。」

「居、居然被喊了名字……而且還讓我得知真實姓名……」

小有素雖然冷靜了幾分，卻依舊一副如坐針氈的模樣，低聲喊了好幾次「雪前輩」。

而彼此再次對上雙眼後，她很快就紅著臉龐垂下頭。

這個生物也太、太、太、太……

「太可愛了吧——！」

「淡、淡雪閣下？呀啊——？」

看到這個集可愛於一身的生物，我不禁整個人撲抱上去，結果就這麼將她壓倒在地。

「原來妳平常的模樣這麼純情，這反差萌也太強了吧！太卑鄙了！我搓我搓我搓！」

「啊哇、啊哇哇哇哇？」

我順從著內心的渴望，用力撫摸起小有素的背部和後頸。就在這時——

「兩位——！媽媽我挽起袖子烤了點心喔！不介意的話就吃……哎呀哎呀！」

只見小有素的母親端著盛有散發香甜氣味的餅乾點心和果汁的托盤，走入房內。

——咦？我們現在的姿勢……該不會很容易被誤會吧？

「哎呀呀！看來今天的晚餐就是大份的事後避孕藥呢！」

「不對不對不對不對！這種前所未聞的菜色是怎麼回事？」

「才不是呢，媽媽！如果是淡雪閣下的種，我很樂意中獎是也！」

「不是那個問題啦！」

我慌慌張張地從小有素身上抽開身子，向伯母解釋起前因後果。

「啊，小有素，那裡……好舒服！」

「這裡嗎？這邊會很舒服嗎？呵呵，我漸漸掌握淡雪閣下的弱點了是也。」

「呼……呼……實在太舒服，我都快使不上力了……」

「很好，淡雪閣下，這樣很棒喔，請儘管將身子交給我擺布是也。那麼，接下來請張開雙腿！我會引領您至更加舒服的性感特別套餐——」

「啊，我心領了。」

「呿～」

伯母發起突擊後過了幾分鐘，我現在正趴在小有素的床上，小有素則跨坐在我的腰上。

我們並非在做什麼不可告人的事。只是在談論接下來的安排時，小有素突然提出要幫我按摩，於是我就接受她的好意。當然，我們都穿著衣服。

「嗯……按摩確實是很舒服啦，但妳沒必要為我做這麼多呀？小有素應該也想一起玩吧？」

「請放心是也！這次的邀約也蘊含慰勞淡雪閣下的意圖，所以我希望您的身心都能受到治癒是也。說起來，淡雪閣下的身子是真的挺僵硬的，這也切實反映著您硬派的直播風格呢。」

「謝謝妳。畢竟我老是坐在電腦面前嘛，人類果然還是得多運動才行呢……呵呵。不過既然能享受到這麼舒服的按摩，和小有素會面之際就算身子稍微有些僵硬，似乎也不是壞事呢。我一直有置身天國的感受喔。」

「……您這是在誘惑我，意指一旦和我獨處，身上不存在的男性性器官就會變得硬邦邦是也嗎？要我脫衣服嗎？」

「啊，我心領～了。」

真是的，好端端的氣氛都被妳給搞砸了！

順帶一提，小有素決定今後在我面前雖然不遮臉，但仍會展露出身為直播主時的形象。看來這對我們彼此來說是最沒有突兀感的相處方式。

「除了肩膀以外，您還有其他部位也很僵硬呢。這或許是全身的血液沒有好好流經淋巴的關係。」

「淋巴？」

「是的。如此這般，我就幫您暢通淋巴的管道。那麼，我要脫掉您的衣服了——」

「啊，我心領了。」

「唔——為什麼是也？淋巴按摩肯定會很舒服喔？」

「我是沒打算否定淋巴按摩啦。只是一想到是由小有素擔任整體師，就讓我感受到生命危險罷了。」

我邊招架著她一如往常的極端愛情（？）邊享受按摩。結束療程之後，身體變得輕盈得超乎我的想像。

看來我積蓄了不少疲憊，對身體造成的負擔比我想像得更為嚴重。等回家之後就來搜尋找間不錯的按摩店，作為日後舒壓之用吧。

好啦。接下來當然就是——

「喏，該換小有素趴在床上了。」

「咦？換我嗎？我不需要啦……」

「妳在說什麼呀，小有素和我一樣都是吃直播主這行飯的不是嗎？妳也該來按一按才對。」

「然而這次邀您來玩，是為了慰勞淡雪閣下的辛勞，怎能讓您勞心費力呢……」

「說起來，我從未說過這次出遊是為了慰勞身心吧……別擔心，我只是因為想做才這樣說的喔。雖然我的技巧可能不是很好，但不會弄痛妳的。」

「唔嗯……」

即使說到這個份上，小有素似乎依舊不太能接受。我逐漸明白她似乎是那種一旦做出決定，就不會輕易妥協的個性。

嗯——不然這麼辦吧——

「既然如此，我們邊按摩邊玩點遊戲吧？」

「玩遊戲嗎？」

「是呀！喏，這樣不僅能除去小有素的疲憊，我也能找到樂趣，是種雙贏的提案喔！」

「這樣……是也嗎？不過——」

「就是這樣！是這麼回事喔！所以妳快點趴在床上吧！快點！」

「好、好的。」

半推半就下，我總算讓小有素擺出準備接受按摩的姿勢。

嗯，雖然可能不及我那麼嚴重，但小有素肯定也積累了不少疲勞，總之讓她好好放鬆一下吧。

「啊，好舒服是也……」

「是嗎？太好了，我很久沒幫人按摩了呢。」

「一旦稍有鬆懈，感覺就會被睡魔打敗是也……啊，話說回來，您剛剛說要玩遊戲，具體而言是什麼內容呢？這種姿勢能做的事情似乎也不多呢。」

「啊——……」

糟糕，我剛才只是隨口說說，根本沒想過要玩什麼遊戲。

有沒有什麼好點子……對啦！

「今天不是愚人節嗎！」

「咦？不不，今天根本不是愚人節是也喔？」

「小細節就別在乎了！只要是我們認定的日子，那天便是愚人節喔！某位臭屁專家也曾在愚人節第二天登場過（註：典出漫畫《鼻毛真拳》與社群網路遊戲「碧藍幻想」的愚人節合作活動，第二次合作時活動時間延長至四月二日，因而創造了愚人節第二天），所以完全不成問題！」

「原、原來如此，瞭解了是也！」

「既然如此，我們就配合愚人節這個節日，來個猜真話遊戲如何？」

「猜真話遊戲？」

這是我臨時想到的遊戲，規則也相當簡單。兩人將分為出題方和答題方，出題方會在諸多謊言之中夾雜一句真話，答題方則要猜出那句真心話，藉此分出高下——總覺得是個有點似曾相識的遊戲。

「原來如此，我徹底明白了是也。那麼，能讓有素我擔任出題方嗎？」

「歡迎歡迎。」

「我接下來會列舉出三個選項，請從中猜出真話吧！」

「放馬過來！」

「一、我剛才在為淡雪閣下按摩之際其實偷偷〇〇了一番。二、接下來預計會監禁您，所以淡雪閣下一輩子都走不出這間屋子。三、其實我不是相馬有素，只是個普通的路人。」

「真 希 望 全 部 都 是 謊 言 ！ ！」

無論哪一項才是真話，背後都有不懷好意的氛圍！這孩子是怎麼回事？

不要，我不想知道正確答案！早知道就不玩這種遊戲了！不對，我得快點逃離這裡才行！

「不過，剛才的選項全都是謊話就是了。」

「……欸？」

就在我狼狽地抱頭叫苦之際，小有素以一副理所當然的口吻開了口：

「啊哈哈，淡雪閣下剛才不是說今天是愚人節嗎？所以我就撒了謊喔——『其中一項是真話』便是我的謊言是也。」

…………

「妳、妳這丫頭——！」

「呀啊——！您、您這樣搔會讓我很癢的是也——！」

我總算明白自己被耍得團團轉，於是跨坐在她身上，以搔癢攻擊進行報復。

一陣打鬧過後，小有素的衣服變得稍微有些紊亂。而正當我打算就此放她一馬時——

「喂——妳們兩位！媽咪她問妳們晚上有沒有什麼想吃的——喔？」

只見伯父在最糟糕的時間點打開了房門入內。

映在他眼裡的，是呈跨坐姿勢的我，以及衣著紊亂、氣喘吁吁的女兒。

呃，這下該——

「喂——孩子的媽！快去聯絡全縣的婦產科！新生命要誕生啦！」

完全是個既視感呢——！

「呼啊～……」

泡在比自家公寓還要大上一號的浴缸裡，打直雙腿後，我便忍不住發出不符年紀的懈弛之聲。真是一段宛如置身於天國的洗澡時間。

借用有素家浴室的我，不禁認為這種寬敞的浴缸就是最近流行的「廢人製造機系列」的鼻祖。我全身上下的力氣在轉瞬間流失殆盡，隨著熱氣一同蒸發而去。現在的我已經成了軟體動物。

總之，我第一天晚上會借宿有素家，第二天則會和小有素一同外出，看看附近的觀光景點，等到天色變暗之際再搭新幹線回家——以上便是此次外出的行程。

哎呀，話說回來，雖然現在的時間差不多是晚上八點左右，但有素家不按牌理出牌的大小事，已經折騰我好幾回了呢……

就拿我按摩完小有素，前去享用晚餐的例子來說吧。

打擾一家人和樂融融的用餐氣氛固然讓我相當緊張，但在伯母上完一桌菜，我開始吃起看似美味的漢堡排的瞬間，我真的差點噴出嘴裡的飯菜。

啊，倒不是因為料理不好吃。不如說就連我這個外行人也能明白，這是一道精心調製，超出家庭料理範疇的美味菜色。

只不過……它的外觀和口味完全是天差地別。

送進我嘴裡的無論怎麼看都是漢堡排，在口腔擴散開來的卻非肉汁的香味，而是濃烈的甜味。

恐怕這道料理是有著漢堡排外型的巧克力薩赫蛋糕——也就是一道甜點。

相對的，伯母也做得出外觀看似巧克力蛋糕的漢堡排。一想到她將一流的技術與加工的耐心全數奉獻在搞笑行為上頭，就連在娛樂圈打滾的我都不禁為之欽佩。

由於小有素和伯父都沒顯露出驚訝的反應，看來有素家盛行著「做事時不夾雜笑料就渾身不對勁」的風氣。

記得以前直播之際曾看過聊天室出現「妳全家都Live-ON嗎？」的留言，看來這句話是一語中的。

不過我也並非毫無長進。為了反制這些古怪的行為，即便現在正在洗澡，我也在療癒身心的同時聚精會神，以耳朵和雙眼探查著周遭的異狀。

關於這次的入浴有一處明顯不對勁的地方，那就是——奇怪？小有素怎麼沒有一起洗呢？

出乎意料的是，小有素竟然主動拒絕了。她本人的說詞如下：「淡雪閣下神聖的裸體若是被我的雙眼玷汙，將會是罪該萬死的大事！」

由今天的相處看來，小有素平常雖然看似極為積極，卻會在奇怪的部分表現得內向害臊，因此這或許是她的真心話——然而千萬不可大意，我該假定她會從某處入侵才對。

「——啊！」

脫衣處好像傳來了微弱的聲響？

……不會錯的，有人來了。

呵呵，小有素，妳還是太嫩了。這次是提防在先的我魔高一丈呢。

好啦，儘管進來吧！我會用老神在在的態度應付妳的！

「嘿！有素媽咪受到了小淡雪年輕的肉體誘惑，堂堂登場！」

「不對，怎麼來的是這位呀——？」

出乎意料的是，來者是只纏著一條浴巾的伯母，令我下意識地出聲吐槽。

啊，順帶一提，伯母似乎只是來嚇我一跳的。她終究沒有踏入浴室，而是很普通地離開了……

儘管發生了一些插曲，但泡澡果然還是輕柔地洗去了我日積月累的疲憊。

洗好澡的我換上睡衣，折回小有素的房間。隨著發燙的身子冷卻下來，一股難以言喻的睏倦感油然而生。這股睏倦感巧妙地勾起了我的睡意，使我感到十分舒適。

「啊，淡雪閣下，歡迎回來！」

「我回來了。謝謝妳讓我借用浴室。我洗得很舒服，差點就想住在浴缸裡面了呢。」

「那真是太棒了是也！我已經鋪好淡雪閣下的地鋪。因為您說過鋪在哪裡都可以，我就鋪在最棒的地方是也喔！」

說起來，在洗澡之前確實有聊過這件事呢。當時是在討論我就寢的位置。而由於小有素有自己的床鋪，我便表示要睡在地板上或是客廳都行，將就寢的位置交給她決定了。

光是能為臨時造訪的我準備地鋪，就已經讓我感激涕零了。我道了聲謝，在整理完吹乾的頭髮後，將視線投向小有素。沒想到——

「好了，淡雪閣下！請快點上床吧是也！」

「…………哦，原來如此。」

為了理解房間的現況，我花了幾秒鐘進入讀取時間，不過好歹還是給出了答覆。

說真的，能保持冷靜的我真值得被誇獎個兩句。要不是迄今的經驗讓人累積了不少抗性，我早就使出渾身解數吐槽一番了。

她指的確實是我的地鋪…………只是鋪在小有素的床上就是了。

若是要講得更加淺顯易懂——

小有素的床。

小有素的棉被。

我的地鋪。

我的棉被。

這四個物件就這麼一層一層地疊了起來。

我確實說過鋪在哪裡都行，但這還真是出乎意料……應該說，她如果這麼想和我一起睡覺，倒也用不著如此拐彎抹角，直接和我說就可以了呀……

倘若就這麼睡下去，小有素恐怕會被疊在上頭的地鋪給壓垮，於是在她洗過澡之後，我便拿開地鋪，和她睡在同一張床上了。

「這是何等幸運的發展……這就是有素(Alice)夢遊仙境是也呢！」

「是是是。為了明天的行程，要快點睡覺喔！」

「嘶……嘶……」

我驀地睜開眼睛。眼前的小有素正看似舒適地發出規律的鼾息。

現在時間差不多剛過午夜十二點，看來我似乎是睡到一半自行清醒了。

是因為睡覺的地方和平時不同嗎？我的身體說不定尚未適應眼下的就寢環境吧。

不過由於仍有睡意，若是閉上雙眼，照理說很快就能再次入睡……然而，我的喉嚨有點乾呀。

……好，去喝杯水再回來睡覺吧。感覺不補點水的話，我就會因為口渴難耐而輾轉難眠。

為了不吵醒小有素，我小心翼翼地下了床，走出房間。

「哎呀？」

「咿？」

就在我沿著走廊前往一樓的廚房時，背後突然傳來了說話聲。

由於有素家已經熄燈，在一片漆黑裡被人搭話的我登時發出窩囊的喊聲。但我轉身看去，才發現那是身穿睡衣的伯母。

「啊、呃，原來是伯母呀。」

「是呀。妳怎麼這麼晚還不睡？睡不著嗎？」

「不，我只是有點口渴，所以想來喝點水。伯母是正要準備就寢嗎？」

「嗯，對呀。但我老公已經睡了。」

「這樣呀……」

我們的對話到此中斷。就在我感受到一股難以言喻的尷尬之情時，只見伯母做出稍事思考的動作，然後輕呼了一聲：「對啦！」

「我說，既然有獨處的機會，要不要在正式就寢前聊個幾句？」

「您說要聊天嗎？」

「真的只是小聊幾句啦。邊喝水邊聊嘛！好嗎？」

「嗯，當然沒問題。」

我們將各自的飲品放在晚餐時用過的餐桌上，隔著桌子坐了下來。

「我想問的是，步在這一行究竟做得好不好。我一直很擔心她呢。」

伯母一開口，便是以親生父母的立場關心起孩子。

「喏，雖然由我來說也有點奇怪，但那孩子還挺特立獨行的吧？我很擔心她沒辦法和職場的其他人好好混熟呢。」

那表情和口吻完全就是個擔心孩子的母親。雖然是位行事風格異想天開的女士，但她果然還是很疼愛自己的女兒呢。

「我認為她目前的表現不成問題喔。儘管因為小有素是四期生，我也不敢說自己對她掌握得足夠透徹，但迄今都沒聽說她有惹過什麼風波。」

「真的嗎？太好啦～！步繼承了我倆的血統，是個活力永不見底的孩子呢。雖然這樣的個性很討人喜歡，但她一旦湧上空乏的感受，就會為了填滿自己的內心而頭也不回地追逐起目標喲。」

「總覺得……我對您的形容深有同感。」

「對吧——？所以媽咪我一直很擔心她沒辦法融入周遭環境……但她都頭好壯壯地長得這麼

大了，我這樣擔心或許也只是杞人憂天啦。」

「哈哈哈，您大可放心，Live-ON是個愈是普通就愈顯得格格不入的混沌職場。況且就我個人看來，小有素目前似乎是樂在其中呢。」

「那我就安心啦——！……雖然還想再多聊幾句，但是時間已經太晚了呢。不好意思，在就寢前打擾妳了。那麼，晚安嘍。」

「好的，晚安。」

告別伯母後，我回到房間，鑽入被窩之中。

接著，我輕輕摸了摸在一旁兀自好眠的小有素的腦袋，隨即再次閉上雙眼。

在小有素家借宿的第二天，吃過早餐之後，我立刻和小有素一同走向涼風輕拂的戶外。

今天是讓人期盼已久的觀光日！我打算於遊玩結束後搭乘新幹線返家，因此在出門前便向伯父伯母道過謝，感謝他們的款待。

「那麼，請跟著我來吧！……不過，讓我決定目的地真的好嗎？」

「當然好呀，畢竟我想看看當地人最推薦的景點嘛。」

「原來如此，我明白了。那我會努力做您的護花使者的！」

「謝謝妳。那麼，伸手！」

「……嗯？」

小有素露出詫異的眼神，凝視著我伸出的手掌。呵呵，這孩子遇到出乎意料的狀況時，反而會變得不知所措呢。

「妳不是要當我的護花使者嗎？那至少也得牽個手吧？畢竟我可能會走丟呀。」

「唔！是、是我失禮了！我會用全身的力氣握住的！會握一輩子的！乾脆拿針線把我們的手縫起來，好讓它們永不分離吧！」

「愈說愈像恐怖片了，一般人會被妳嚇到啦……但我已經很習慣這種氛圍，所以不介意就是了。」

在小有素這個護花使者的引領下，我以放鬆的心情享受著觀光行程。

畢竟有旁人在，為了不讓身分曝光，我們對彼此以「雪」和「步」相稱。小有素為我介紹了許多美味的當地料理和觀光名勝。不過因為她今天沒戴上用來遮掩怕生個性的人格面具，看起來顯得有些戰戰兢兢，相當有趣。

話說回來，對於初次吃到的食物或是首次看到的風景所產生的新鮮感，竟然會隨著年紀增長而提升。對於平常有在旅行的人來說或許不值得訝異，但我自從上次和小恰咪一起去遊樂園後，就一直沒出過遠門，是以這些新鮮事都一再地打動了我的心。

對第一次接觸的事物百感交集，這種感動的心情與一無所知的孩提時代大不相同。旅行……真是不錯呢。下次有機會的話，也邀邀看同期或是前輩一起出遊吧。

太陽公公即將下班。而我已經填飽肚子，也因為走了許多路產生輕微的疲勞感。就在此時，小有素拋出一項提議。

她表示這與觀光行程無關，完全是個人願望——她希望能和我一起去卡拉ＯＫ唱個一小時左右。

多聊了幾句後，才曉得小步似乎一直把和我唱歌一事視為心願。而她覺得現在是絕佳的時機，才會如此提議。

我當然沒有拒絕的理由，畢竟這兩天都受了小步這麼多照顧——況且我也很想和她一起唱歌。她真的很會唱歌，我有時甚至會點開她的翻唱影片設定重複播放，就這麼聽上一整天呢。這樣的提議對我來說實屬榮幸。

我們點了好幾首能一起唱的歌，盡情引吭。

「雪前輩的聲音果然比我更有魄力是也。是音質不一樣的關係嗎？還是說，您有什麼獨門的發聲方式是也？」

「嗯～該怎麼說呢，感覺就是從肚子……」

「是用丹田發聲的意思嗎？我雖然也有注重這方面的練習，但火候看來還不夠呢……」

「不對，有點不一樣。該怎麼說……像是用肚子裡的強〇發聲吧？就是那種『噗咻』的感覺。」

「雪前輩，您該不會把強〇化為體內的器官了吧？我想那並非正常人的發聲方式是也喔……」

我們雖然享受了一段歡唱時光，然而光陰似箭，卡拉ＯＫ的行程轉瞬間告終，終於來到於車站告別的時間。

儘管感到依依不捨，我依舊在驗票閘門前和小步道別。

「明明是我突然提出要求，妳卻仍盡地主之誼，真的非常謝謝妳。這兩天的行程會成為我美好的回憶喲。」

「不會不會！請把這裡當成自己的老家，想來就來吧！您不如嫁到我們家來吧！」

「呵呵，真是很有吸引力的提議呢，不過下次請來我家作客吧。由於我是一個人住，沒有有趣的家人坐鎮，但還是很歡迎妳喔。」

「好、好的！我絕對會去是也！不如就現在出發吧！我會嫁過去的！」

「啊、啊哈哈……雖說出門之後語氣有變，但骨子裡還是老樣子呢……」

我好不容易才攔住差點要跟著我上車的小步，最後問起一個和伯母深夜談話時想到的問題。

「小步，妳對自己的雙親有什麼看法？」

「我的爸爸和媽媽？您怎麼突然這麼問？」

「呃，那個……對了！因為看到妳和有趣的家人和樂度日，我才會有些在意這樣的生活是什麼感覺啦！」

「呃，是這樣呀……雖然有時候會認為他們很雞婆，有時也會想搬出去住……但總覺得沒有他們在一旁就不行呢。啊哈哈，平時相處得太親近了，講這種話好讓人害臊喔。若是在本人面前，我肯定講不出這些話。」

「——妳有很棒的父母呢，要好好重視他們喔。」

「咦？這是當然的呀？」

我這麼一開口，小步便像是聽到了什麼天經地義的話語般，有些困惑地如此回答。

「——那就好。」

我為她的反應感到心滿意足，伴隨著一句「再見」穿過驗票閘門，搭上新幹線。

好啦，都享受過充實的假期了，明天又該努力直播啦！

和貓魔前輩一起玩劣質遊戲

前往小有素家借宿後歸宅的隔天，我今天竟然收到貓魔前輩的合作邀約！

聖大人也從昨天晚上開始回歸直播，看來我可以放心地開台挑戰了呢。若想讓觀眾們感到滿意，直播主便非得拿出真本事挑戰直播內容不可嘛。

那麼，今天的直播就此開幕！

「喵喵！貓魔今天也要為各位飼主介紹殘留在人類史上的穢物喲！而且這次還邀了特別來賓！」

「大家晚安，今晚也降下了美麗的淡雪呢。我是心音淡雪。」

：來啦——（。A。）——！是小淡雪！

：外出狩獵的貓似乎叼了強〇回來呢。

：飼主們無不感到困惑。

：這不是小咪瓦而是小淡，所以貓魔叼回來的是清秀美少女啊。

：飼主們無不歡天喜地。

「話說回來。我們雖然常在聊天室或大型合作企畫一同活動，一對一的合作卻還是頭一遭耶！我可是散發著連晴前輩都認可的魅力喔，貓魔前輩覺得如何呀？」

「嗯——這個嘛，我的裂唇嗅反應一直停不下來呢。妳全身上下都散發著誘惑貓魔的氣味喲！」

「對吧對吧！請別被我這身清秀的香氣迷倒嘍！話說回來，裂唇嗅反應是什麼呀？」

「所謂裂唇嗅反應，是包含貓在內的特定動物會想聞臭臭味道的生理現象喔！」

「我要揍妳嘍？」

「要是揍了貓魔這樣的稀有生物，可是會引來組長出馬喔？」

「請別這麼拐彎抹角，直接判我死刑吧。」

「喵？貓魔的思路再怎麼奔放，也不會把請組長出馬和死刑劃上等號喲？」

好啦，在此隆重簡介一下晝寢貓魔前輩——眼前的嬌小獸娘不知為何，總是在這個充斥著人類智慧結晶的美好世界裡，搜羅著能被稱為人類歷史汙點的劣質遊戲與劣質電影，是個不折不扣的穢物狂。

光是解釋到這裡，就能讓人感慨一聲：「啊，這確實是Live-ON的成員呢……」

她平時都會開台向飼主——也就是觀眾們介紹如前所述的嗜好品。不過要是有人在場做出反應，便更能炒熱場子，帶來更好的娛樂效果。為此，她經常會邀請來賓合作，今天則是輪到我上場。

眼下我已能肯定她今天要介紹的絕非什麼認真的好東西，於是事先將今天設為養肝日。儘管老實說我真的沒多大興趣，但被憧憬的前輩邀約所產生的喜悅太過強烈，讓人沒有拒絕的選項。總之加油吧……況且我正好有事想詢問貓魔前輩的意見，這也算是天賜良機。等直播結束後再去問她吧。

「總之問候先到這裡，讓我們直奔主題吧——今天要介紹給小淡雪的是一款遊戲喔——」

「請介紹給我神級遊戲。」

「要介紹的當然是劣質遊戲嘍！」

「……現在還來得及，要不要換成玩動車呢？我覺得那一定比較有趣喔。」

「抱歉，小淡雪。貓魔我的身體已經變得不玩劣質遊戲就無法滿足了……」

「您的體質真是特殊呢……」

「我一點也不想被一喝強〇喝到嗨就改變人格的妳這樣說耶。」

：看來Live-ON的錄取門檻包含了能嗑到嗨的本事。

：面試官表示「請陳述您的就職動機和正在嗑的東西。」

：笑死。

：那看劣質電影就行嗎？

「不，我想迴避的是劣質的部分，所以對我來說差不了多少……」

：既然如此就看色情電影吧，這下小淡雪也會超開心吧。
：頻道關定啦。
：明明最近才有同期的收益被沒收卻完全學不到教訓根本笑死。
：如果說是動物的交配影片應該能網開一面吧。大概。或許。俺不知。
：既然是貓魔的場子，就來看獸娘片吧。
：貓魔也會為同族的喵喵叫影片會心一笑，皆大歡喜。

「喵喵，小淡雪或許能就此滿足，但貓魔我可是很挑剔的喔！說起來，所謂的獸娘成人影片，也不過就是種角色扮演吧——」

「請別若無其事地把我劃入變態的那一方好嗎？今天的我是很清秀的！」

：不不，女演員可是長出了真正的獸耳和尾巴喔？拜此之賜，其好擼的程度也是一支獨秀。

「喵喵？喂，剛剛那位觀眾，快把那則影片傳給全世界的研究機構！這哪還是擼管的時候啊？」

「哎呀，諸位的對話真是不成體統！本小姐都要傻眼了呢！」

「不如也把妳打包送去研究機構吧？」

：世紀大發現笑死。

：**因為是成人影片，不僅是世紀大發現，也是性器**（註：世紀與性器日文發音相同）**大發現呢。**

「回歸正題……小淡雪啊，雖說這次的遊戲是劣質遊戲，卻與貓魔迄今介紹的遊戲有著決定性的不同——這是款特製的遊戲喔。」

「咦？是這樣嗎？是哪方面做了特製呢？」

「小淡雪，可以稍微聽聽貓魔我的坦白嗎？」

「我不要。」

「居然一口回絕？小淡雪，妳這樣等於是一秒拒絕了晴在演唱會上展露的那段超扣人心弦的坦白橋段喔！會場肯定會噓聲不斷！晴也會難過得嚎啕大哭的！」

「這扣人心弦的程度能和晴前輩比嗎？」

「喵喵！這一定會讓人感動到放空思緒喲！感動程度一如A*R最後一集！是會抵達終點的喔！」

「那可真是嚇人呀。為了不會脫水而死，我說不定得多備幾罐強〇才行。」

：**叛逆期的小淡雪超級喜歡。**

：**她看起來成長得很快，真是太好了。**

：**晴「歌名為『坦白』，還請聆聽。」淡雪「我不要。」晴「！」**

：**光是想像就快笑死。**

：感覺會場的觀眾會對淡雪扔強〇空罐。

：別像是攜帶螢光棒那樣把空罐帶進場內啦。

：貓魔的坦白肯定是劣質內容喔。

「我說，小淡雪啊。貓魔我是被黑歷史給吸引，才會以鑑賞古今中外的劣質遊戲和劣質電影為樂的。」

「嗯，這我很清楚。請節哀。」

「節哀……？算、算了。然後呀——坦白說，我最近有些食不下嚥呢。」

「食不下嚥的意思是？」

「也可以說是我已經膩了吧。當然，我還不至於網羅了全世界的劣質遊戲或劣質電影，但出名的作品都已經看過一輪。在這個業界裡，所謂出名便代表具備出類拔萃的劣質感。即使挖掘了冷門作品，與那些出名的劣質作品相比仍顯得普通不少，讓貓魔我體會不到夠格的感動……當然，隨著作品推陳出新，這些黑歷史也會繼續流傳下去，但也不是每年都會推出『最後之劍』那一類的大作（註：最後之劍（FINAL SWORD）為2020年推出的動作冒險遊戲。由於整體製作水準低落，遊玩上的瑕疵也層出不窮，在原始版推出後便獲選為當年度的劣質遊戲大獎冠軍）。倒不如說，雖然電影一直維持著良莠不齊的狀態，遊戲製作卻隨著開發成本水漲船高，成了無法以半吊子的心態規劃製作的業界。老實說，如今的劣質遊戲都是能正常遊玩的玩意兒呢。」

「沒辦法正常遊玩的遊戲才不對勁吧。」

「不過啊，貓魔我不僅喜歡劣質電影，也同樣喜歡劣質遊戲！強迫自己觀看不忍卒睹的劣質電影片段所帶來的痛苦固然有趣，但不得不下海遊玩劣質遊戲向前邁進的情境也相當誘人……貓魔我不想看到劣質遊戲衰退，希望它們的黑歷史能百世流芳……」

「沒在聽我說話啊……」

「如此這般，儘管曾為心愛的劣質遊戲的未來感到憂心，不過就在某一天，這份愛情似乎上達天聽，讓貓魔我像是接收到天啟般，腦子裡閃過了一道轟雷般的靈感！」

「哦，您的靈感是？」

「既然劣質遊戲不夠的話，就自己動手做喵！」

「您是木天蓼吸太多了嗎？」

「奇、奇怪？剛剛那裡明明是最讓人感動的場面，但妳的反應怎麼和我預期的不太一樣？難道是沒抵達終點嗎？」

「與其說沒抵達終點，不如說您根本是往我的反方向走，湧上腦袋的只有一團困惑呢。我甚至還想問您想去哪裡？」

「原來小淡雪的感性這麼奇怪啊……」

「這句話要原封不動地奉還給您。真是的，請向晴前輩的坦白多學點好嗎！」

「妳可以重現一下晴那時候的狀況嗎？」

「當然可以嘍。咳咳。♪————♪」

「啊——對對！就是這種感覺！FOO——！Live-ON一期生果然帥得不像話呢！」

〈朝霧晴〉：不要啊啊啊！住手啊啊啊！別在這裡揭露我的糗事啊啊啊啊啊！

：草。

：小晴！

：突如其來的組織性精神攻擊笑死。害羞的晴晴好可愛。

：極為罕見的動真格害臊的晴晴。

：這可以說是她絕無僅有的弱點啊。

：小淡雪一有機會就會搬出這個哏來捉弄晴晴，兩人的交情之深超級喜歡。

：吸食合成〇麻素是很危險的喔！

她是剛好有空過來看台的嗎？

「好啦，言歸正傳。對貓魔我們來說，想製作電影或許是有些困難。然而若不以上架販售為前提，就連貓魔也能製作免費的同人遊戲吧？這激發了我的靈感！由於理所當然地是自行下海製作的，可以盡情地把遊戲製作成貓魔我喜歡的樣子……」

「貓魔前輩喜歡的樣子？難、難道？」

「好啦！接下來就是本次企畫的說明啦！我要讓小淡雪遊玩『貓魔製作的極品劣質遊戲』喔！」

貓魔前輩像是等待已久似的朗聲宣告。而我則恰成對比，感受到血色自臉上褪去。

「貓魔前輩，請等一下！您在邀我的時候，只有說要開台一起玩劣質遊戲而已呀？這和說好的不一樣！」

「嗯，所以我要妳來玩『貓魔做的』劣質遊戲呀。我可沒說謊喔。」

「怎麼這樣……」

「好耶！那麼小淡雪，差不多該開始玩嘍！」

「我、我不要！貓魔前輩做的遊戲，肯定是和這世上最為骯髒的穢物同等級的電子垃圾！」

「妳還真是講得一點也不留情耶……這也算清秀嗎……」

遊戲畫面不由分說地顯示在螢幕上頭。看來這隻愛搗蛋的貓才剛開台——不對，早從開台前就把我要得團團轉了。

接下來到關台為止，想必會上演一連串出乎意料的事件吧。不服輸的我端正坐姿，卯足了全身的氣力。

看呀！晴前輩！被Live-ON鍛鍊過心智的我，馬上就會展現出迅速通關劣質遊戲的本事！

……是說，對話裡出現「劣質」這個詞彙的頻率也太頻繁了吧……

「今天要讓小淡雪玩的遊戲就是這個！『勇者鬥貓魔』！」

迫不及待的貓魔前輩唸出了顯示在畫面上的遊戲標題。

看似奇幻風格的背景搭上這樣的標題……總覺得好像有股既視感……

「這不就是某個出名的鬥惡龍RPG嗎？」

「喵哈哈，這哏果然一下就暴露了。本作實際上就是一款俯瞰視角的2D類型RPG，所以遊戲系統完全是照抄早期的系列作喔。不過放心！即使原哏的作品再出名，當貓魔經手後就一定會變成劣質遊戲，因此完全不必擔心！」

「這反而更讓人擔心吧……還有，您說這是RPG……能在開播的時間內破關嗎？」

一聽到RPG這個字眼，便讓我產生了破關時間極長的印象。一旦遊玩時間過長，身為一個直播主，恐怕就沒辦法盡可能地展露出這款遊戲的魅力……或者說是汙點（？）才對。但從貓魔前輩的反應來看，我顯然是多慮了。

「不不，雖然說是RPG，但其實三兩下就能破關嘍。若是正常遊玩，大概只需要一個小時多一點的時間就能打通關了。貓魔我也是頭一次製作遊戲，所以做不出精美的大作啦。」

「原來如此，我打從心底感到放心了。看來這次的苦行很快就能告終呢。」

「奇、奇怪？妳擔心的不是直播時間嗎……算了。老實說，本次的『勇者鬥貓魔』因為是初次製作的遊戲，因此也包含測試的目的在內。比起將它視為道地的劣質遊戲，不如說是是在原創故事中夾雜了貓魔我喜歡的劣質遊戲哏的胡鬧類型遊戲喔。儘管我是用RPG製作工匠進行製作的，但光是做出這點內容的遊戲，就耗盡了我的全副心力呢……」

「雖然我很想勸您把這些心力用在其他的事物上啦……但目前看起來沒什麼異常的部分呢。不對，如果連遊戲標題都有異常，我在開始遊戲之前就會一拳打破螢幕了。」

「別讓螢幕先生吃這種苦，卸載遊戲就好了啦。」

：我也想玩貓魔的遊戲！

：希望能公開下載。

：感覺會暗藏超級恐怖的電腦病毒。

：能從貓魔手中獲取病毒可是一種獎勵呢。真希望是能把電腦搞到沒辦法復原的超強力病毒。

：貓魔的飼主們是不是被訓練得太過頭了？

：原來被調教的是飼主啊……

：提到電腦病毒讓人想到，我以前的筆電完全沒裝防毒軟體，結果用著用著就中了一大堆病毒，最後成了電腦病毒的練蠱場一類的玩意兒呢。 ￥500

：咦咦咦……

：飼養電腦病毒也太新奇了吧笑死。

「還有，總覺得ＢＧＭ（背景音樂）很好聽呢。」

儘管流瀉於標題畫面的ＢＧＭ只是重複著相同旋律所構成的單純樂曲，卻莫名地動聽，沉穩的曲調會讓人忍不住一直聽下去。

「這是從某個網站下載的免費ＢＧＭ嗎？」

「不不，這是為了這款遊戲而特地請晴製作的原創樂曲喔！」

「嗄？」

聽到這意料之外的發言，我不禁發出驚呼聲。

「晴前輩？是她特地作曲的嗎？」

「對啊！她受我拜託，過了一個晚上就完成了呢！」

「就只是為了貓魔前輩的排泄物嗎？」

「妳罵人的詞彙愈來愈骯髒了喵——」

〈朝霧晴〉：耶——！

：這就是貨真價實的把才能丟進水溝嗎？

：若是單聽小淡的吐槽，會覺得像是貓魔在直播上失禁一樣笑死。

：不過既然旁邊坐著吐過的人，失禁一下也沒什麼啦。

：我們推崇的偶像都好髒啊。

：草。

〈朝霧晴〉：曲名是序噓噓噓噓噓噓章喔。

：感覺是會在廁所播放的曲子。

我還以為晴前輩是特地來捧場的，原來她也是共犯嗎！她是和貓魔前輩共謀，以看我對劣質遊戲氣呼呼的反應為樂吧！

剛剛還暗自希望她能好好欣賞我的表現，但我要收回前言了！不准看！回家去！

……下次就來開個和觀眾們一起重溫演唱會影片的活動作為報復吧。

「說到劣質遊戲，果然多半都有『BGM莫名好聽』這樣的特徵呢！感謝晴的大力協助！」

「不行不行，再抬槓下去，我的吐槽力會撐不到破關的。還是開始玩吧……」

我下定決心，按下「從頭開始」的按鈕。

畫面上旋即顯現出一片漆黑的空間——空間的中央處有一道神祕的光芒，彷彿跳動似的一脹一縮。

「這該不會是……開頭動畫一類的玩意兒吧？」

「正是如此——！」

盯著畫面一會兒後，便見光芒跳動的頻率緩緩減弱，在徹底停止好幾秒後——突然像是爆炸似的淹沒了整個畫面。

而隨著光芒消退，映入眼簾的即是呈現俯瞰視角的遊戲畫面。

「總覺得是很有深意的開頭動畫呢……這是某種伏筆嗎？」

「喵哈哈哈！」

貓魔前輩笑而不答。

難道這款遊戲有著精心安排的故事劇情嗎？若是如此，我想破關的幹勁也會多少提升一些啦……

：這道光……總覺得好像在哪看過……

：浪漫……不講理……大叔……嗚，頭好痛（註：典出遊戲「遠古浪漫（Ancient Roman）」的開頭動畫。「不講理地被炸爛的大叔」為開頭動畫裡，被詭異的光芒炸成碎片的路人角色）……

「啊，已經可以操作了呢。這個場景是城鎮嗎？」

「遊戲終於開始啦！王城位於上方，總之先前往那裡向國王打聽故事的最終目標吧。」

「若是一般的遊戲，我這時應該會感到興奮難耐。但一想到玩的是劣質遊戲，心頭就沉重得不想過去呢……可以往下走嗎？」

「可以是可以，但那樣會走出城鎮喔？」

「會引發什麼問題嗎？」

「一旦沒和國王對話推進進度，離開城鎮就會立刻當機喔？」

「會當機嗎？」

「對喔！」

「原來起始城鎮以某方面來說是比瑪莉亞○牆更危險的地方啊，嚇死我了……是說，這應該是程式錯誤吧？這點小問題就改掉啦。」

「不不，這是我刻意加進去的。」

「我要把尾巴塞進妳的屁眼喔。」

「喵喵？吐槽居然惡化成恐嚇了？這是那個啦！所謂的以毒攻毒！」

「即使貓魔前輩這麼認為，對我來說依舊只是單純的毒素啊。我可沒有毒療（註：遊戲「精靈寶可夢」的寶可夢特性之一，在處於中毒狀態時會恢復體力）的特性。」

儘管差點就要數落個沒完，但既然只是這點小毛病，只要和國王對話就能解決了，於是我便乖乖地前往王城。

「這座城鎮的ＢＧＭ也是晴前輩操刀的嗎？」

「沒喔，接下來都是從免費素材網站借用的曲子。畢竟要是全都讓晴作曲，對她的負擔未免也太大了嘛。」

「光是為這種遊戲製作一曲，就已經是足以讓您下跪道歉的事嘍。」

「作曲是晴主動請纓的喔？我在和她聊想做遊戲之際，她就興致勃勃地表示會幫忙作曲呢。」

「天才和傻瓜真的只有一線之隔呀……」

移動的路上沒遭遇任何問題，我很快就來到國王面前。而從他口中打聽到的情報，簡單來說就是「這個世界因為魔王而陷入危機，請擁有勇者之力的你前去打倒他吧」——這種老套到我不知該作何反應的內容。

「喵喵，現在走出鎮外也不要緊嘍！」

「瞭解。那就快點前往牆外吧。」

我筆直地穿過城鎮的出口後，畫面便轉為一片漆黑。由於城鎮和鎮外並未採取無接縫設計，應該是切換到世界地圖的場景吧？

而畫面在變得一片漆黑後，就這麼過了五秒……十秒……

「那個……這該不會是當機了吧？畫面變成一片黑，也沒辦法操作……」

「不不，這是單純的讀取時間喔！」

「是這樣呀……」

又過了二十秒左右後，畫面上總算再度恢復色彩。

「哦，來到了世界地圖呢。」

「那個……我有點東西想測試一下，可以先回城鎮一趟嗎？」

「喵？這點小事當然沒問題喔！」

見識到這漫長的讀取時間後，我的腦海中閃過了某種預感，在獲得貓魔前輩的許可後回到城鎮。

是因為首次進入世界地圖，才會導致讀取時間這麼長嗎？我原本是這麼想的。但這既然是貓魔前輩製作的遊戲，或許——

在進行交錯比對後，畫面再次轉為漆黑，流逝著讓人感受到一陣虛無的時間。

五秒……十秒……

嘶——

「貓魔前輩。」

「喵？」

「這長得要命的讀取時間……是每次都這樣嗎？」

「嗯。」

「妳是故意這麼做的？」

「嗯。」

「原來如此。這樣呀、這樣呀。讓我們在法庭上見面吧。」

「繞了一圈變成用清秀的語氣生氣，反而讓人感到恐怖喵。」

「我當然會生氣呀！我們可是直播主耶？每次進入黑漆漆的讀取畫面都得用閒聊熬過這無事可做的三十秒嗎？雖說並非做不到，但要聊一聊再回去玩遊戲也未免太累了！能輕描淡寫地做到這種事的也只有塔〇利先生吧！」

「喵呵呵，這漆黑的畫面其實就是在致敬塔〇利先生喔。」

「……咦？」

「啊，畢竟塔〇利先生的註冊商標就是墨鏡，讀取畫面之所以會一片漆黑，正是在表現戴上墨鏡後視野變黑的感覺……沒辦法把限呈現出來實在抱歉……」

「妳是昨天才出道的直播菜鳥嗎？憑我的談話力哪可能撐得過這長得要命的讀取畫面啊！明明是製作人卻弄了個會搞死直播主的機制也太奇怪了吧？」

「喵哈哈！這是在開玩笑啦！因為小淡雪的反應太好，我才會稍微來勁了些！」

「唔——！」

「這是在誇妳喔？能做出有趣的反應，對於直播主來說是很重要的才能呢。觀眾們之所以能享受這場直播，也是拜妳的這份才能所賜，不是嗎？」

「雖然可能是這樣沒錯，但您即使現在誇我也……算了，我想試的東西也試完了，總之回鎮外去吧。」

「啊，等一下！」

「欸？」

讀取時間結束讓我徹底鬆懈下來，是以貓魔前輩的制止沒傳進耳裡。我就這麼走出鎮外。

「怎、怎麼回事？」

「還能是怎麼回事！這下當機了啦！」

「嗄？」

當機？這樣就當機？為什麼？我什麼都沒做吧？

「喏，我剛剛不是說過『若是沒和國王對話推進進度，離開城鎮就會立刻當機』嗎？」

「咦？可是我剛才不是已經做過了嗎？」

「呃——那個不是只做過一次就行，而是每次都得做喔。」

咦？不是只做過一次就行？

……………………

「咕嘎啊嘎嘎嘎嘎嘎嘎——！」

「喵喵？糟糕啦！小淡雪的反應終於變得像是『惡靈〇堡』的殭屍一樣了！快冷靜下來！做個深呼吸！」

「嘶——……哈——……嘶——……哈——……」

「很好——真乖！哎呀，這其實只是把讀取時間設定成三百萬小時而已，所以不是當機喔！

喵哈哈！」

「唏唏唏唏唏哈！唏唏唏唏唏哈——！」

「這次是呼吸聲變得像惡靈〇堡四代的再〇者一樣了？」

：好懷念啊，四代是一代名作呢。

〈朝霧晴〉：再生者妹妹很可愛所以喜歡。

：鐵處女妹妹（註：再生者和鐵處女皆為遊戲「惡靈古堡4」的生化怪物）更可愛就是了。

〈朝霧晴〉：啥？和那種全身長硬毛像是刺蝟一樣的玩意兒相比，全身光溜溜的再生者妹妹更可愛吧？

：因為是天才（笑）連審美觀都出問題了www

〈朝霧晴〉：反正你們都會因為再生者妹妹太可愛，故意躲到她的手剛好搆不到的距離吧？就是動著這種歪腦筋，所以我看鐵處妹妹也不會喜歡你們啦www

：我是艾殊莉（註：「惡靈古堡4」的女主角）派的。

〈朝霧晴〉：嗄……居然喜歡艾殊莉？真的假的？你的癖性也太冷門了吧？

：如果是村長（註：「惡靈古堡4」的主要頭目之一，亦為生化怪物）派勉強還能理解，喜歡艾殊莉實在是糟糕到不行啊……

：我感受到民主主義的黑暗面了。

儘管開場就碰了一鼻子灰，但我的「勇者鬥貓魔」之旅總算正式開始了。

看來除了有魔王坐鎮的魔王城之外，還有兩座小型迷宮的樣子。雖然也是可以直闖魔王城，不過就難度編排來說，似乎會建議先闖過兩個小迷宮增加同伴、補強裝備和等級後再去挑戰魔王。

「那麼，就先從比較近的這座小迷宮開始挑戰吧。」

在前往迷宮的路途中也會遭遇敵人，但這部分的設計極為普通……戰鬥採取常見的回合制系統，基本上就是選定敵人進行攻擊，體力減少的話，只要吃藥恢復就能繼續戰鬥。儘管也學會了幾種魔法，但即使不用魔法，戰鬥的過程依舊輕鬆寫意。

「意外地挺簡單的呢。」

稍稍放心的我在說完這句話後，隨即遇上名為「沙拉曼德」的敵人，中了「丟了卡利烏過來」這種莫名其妙的攻擊，之後便陷入無法行動的狀態，只能眼睜睜被活活打死，害我差點火冒三丈。不過總算在第二次挑戰之際抵達小迷宮。

「終於到了……讀取時間，以及和像是沒有偵探才能的掟上今〇子（註：小說《忘卻偵探》系列的女主角，有著睡覺後就會重置記憶的體質）一樣的國王對話，花了我好多時間呢……還有那個沙拉曼德實在不可饒恕，卡利烏是什麼鬼東西啦！」

「卡利烏的原哏出自『觀星〇人』這款遊戲（註：「觀星之人」為1987年出在任天堂主機上

的RPG遊戲。雖然因為品質粗糙和難度過高而被評為劣質遊戲，但領先時代的科幻背景與別具深度的劇情，令部分玩家為之著迷。本作於2020重製於Nintendo Switch主機上），大家要做功課喔！」

「啊——……好像很久以前在貓魔前輩的直播看過您介紹過這款遊戲……」

閒聊著踏入迷宮後，我在入口附近遇上同樣來攻略迷宮的神官「達尼」。由於意氣相合，他隨即加入了我的隊伍。

「哦，隊伍成員增加嘍！這下就算中了卡利烏也有辦法應付了！」

「達尼是擅長恢復魔法的補師喔！」

達尼是相當優秀的角色。儘管攻擊力相當低，再加上是自動行動而無法向他下達指示，但他能夠使用恢復單人體力的「治癒術」。光是可以治療受傷的我方，便得以大幅減少恢復藥的消耗量。我悠閒自在地闖過迷宮，取得強大的武器「勇者之劍」。

首次順利推進了遊戲進度，令我不禁大為感動——在迷宮的歸途上卻發生了讓人意想不到的事。

歷經攻略迷宮，達尼的等級已比剛加入時提升不少，在這時學會了新魔法「裁決」。

裁決是單體魔法，只要順利命中，就能讓對方立即死亡。我原本很期待達尼能在戰鬥中參與攻擊……但在學會這個魔法的下一場戰鬥，就讓我看得說不出話來了。

我受到攻擊，依照往例，達尼會立刻對我施放恢復魔法。但達尼對我施放了制裁，讓我落得立即死亡的下場。

「貓魔前輩——這是?」

「喵哈哈。其實這個達尼是設計成『只要我方有人受傷,便會對其施放目前所會的最強魔法』的思考模式。先前他所會的最強魔法是治癒術,所以沒什麼問題。但現在『制裁』成了最強魔法,因此會在我方積弱不振的時候補上最後一刀呢。」

「這是哪來的瘋狂殺人魔啦!咦,這麼一來,在達尼學會下一個恢復魔法之前,他就會一直對我方施放即死魔法?就算在美○世界(註:指小說《為美好的世界獻上祝福!》系列。登場角色大多具備獨特的個性)應該也看不到這種怪人喔?」

「不不,他已經學不會恢復魔法嘍。達尼下一個學會的『最終制裁』便是最後一個魔法了,效果是全體即死。一旦學會這個魔法,達尼就會化身為不分敵我地連發全體即死魔法的殺戮機器喔。」

「這不是已經墮落了嗎!補師當到哪裡去了?」

「不過一旦MP耗盡,他就會放棄施法主動攻擊嘍。但攻擊力弱到不行就是了。」

「啊,原來如此……既然如此,他應該還是能當成肉盾來用吧。」

「順帶一提,這款遊戲的經驗採取平分制,如果殺了達尼就能獨占所有的經驗值喔。」

「很好,達尼,你給我滾出隊伍吧。」

我毫不留情地攻擊了達尼。

：明明能學會全體即死魔法，卻學不會全體恢復魔法笑死。

：殺氣太猛了吧。

：明明看到同伴受傷就會不屈不撓地在MP用盡之前連續施放即死魔法，但同伴使用藥水自行治療的瞬間又會擺出一副齊力抗敵的模樣，我笑到腹肌都要溶解了。

：好想看學會最終制裁後化身殺人狂的達尼。

：說是學會治癒術(Heal)，結果是成了摔角反派(Heel)啊。

「喵喵——！那就也去另一個迷宮晃晃吧！」

「在這之前得先回城鎮一趟，補給些恢復藥水才行呢……反正一定又是個不正經的迷宮吧。」

就結論而言，那確實不是什麼正經玩意兒。

第二座小迷宮也有新同伴「葛雷格」加入。然而這人的「優秀」程度真是與達尼不分軒輊。

葛雷格這名男子的外貌像個劍鬥士，屬性分配也相當耐打，能使用專屬技能「掩護」，讓敵方的攻擊目標集中在自己身上。

若只看這部分，他確實是個非常優異的角色——但葛雷格的思考模式被設計成「一旦自己的體力低於最大值，即便只受到一點傷害也會使用恢復道具」。

重點是，他取用的恢復道具來源——居然來自我的道具欄！

理所當然地，他和達尼一樣無法下達指示。也就是說，光是讓葛雷格加入戰鬥，便會讓我好不容易積累下來的恢復道具在轉瞬間被他消耗個精光。

順帶一提，據貓魔前輩所言，一旦完全沒有恢復道具可用，葛雷格就只會使用「拖下水」這個技能，讓原本瞄準他的攻擊落到其他同伴身上。由於是出現在這款劣質遊戲裡的劣質混蛋，我理所當然地讓他和達尼一同在九泉之下作伴了。

：這兩個傢伙根本是魔王的手下吧？

：有間諜嫌疑笑死。

：和高等恢復劑王子（註：典出遊戲「Final Fantasy XII」暫時入隊的同伴「拉薩王子」，有著我方受傷就會使用恢復劑或是高等恢復劑的行動方針，使用的恢復劑不會消耗我方道具）**多學著點啦。**

：實際上是孤軍奮戰呢。

：達尼？葛雷格？好像在哪聽過啊……

過了不久，我再次突破小迷宮，終於來到了魔王城前方。

遊戲的通關總算近在咫尺——迄今冒險的成果，是通關小迷宮所獲得的勇者之劍與勇者之鎧，以及兩人份的屍體。

「多餘的累贅還真是顯眼呢……」

「好啦喵好啦喵，別這樣說嘛！至少勇者裝備的性能的確優異，況且等級也提升了吧？」

「話是這樣說沒錯……算了，我接下來要一鼓作氣地破關啦！」

終於來到最終迷宮。敵人雖然強化了不少，但勇者裝備的強度實在是誇張得沒話說，因此我攻略得相當順利。

我終於抵達了魔王的眼前。儘管只差一步就能結束這趟苦行，但教人咬牙切齒的是，我居然不得不在此停步。

堵住去路的是一道謎題——這多半是與最終頭目開戰之前的最後一道關卡吧。

眼前有三道門。我雖然知道唯有一道門才是正確的去路，卻遲遲推導不出哪一扇門才是正確答案。

「奇怪——？難道是路上有提示，我卻漏看了嗎……」

我在綠色、紅色和藍色三道門前來回徘徊，回憶著這段期間的冒險。

……不行。除了設有門扉的房間裡的告示牌寫了「既然機會難得？」這幾個字以外，我完全想不到還有什麼提示可言。

「該怎麼辦……是不是乾脆靠直覺去選算了……貓魔前輩，如果選到錯誤的門會有什麼下場？」

「遊戲會當機，只能從城鎮的存檔點從頭來過喔！」

「妳還不如直接讓遊戲結束算了！到底是有多喜歡當機啦！」

嗚，要從頭再來實在是敬謝不敏。是哪個？真正的門究竟是哪一扇？

「唔唔唔～……」

「喏！小淡雪，快回想這段冒險的軌跡！放心吧！妳一定能解開這道謎題的！」

「真的嗎？」

由貓魔前輩的口吻判斷，這果然不是普通的試手氣遊戲。

這可是劣質到不足以用軌跡來形容的一趟旅程，當中真的有提示存在嗎……

呃，記得我和國王說了話……體驗過不講道理的死法……去了迷宮……取得勇者裝備……宰了達尼和葛雷格……

——嗯？等等？達尼和葛雷格？

腦袋裡好像被什麼東西卡住了。我隱約明白，卡住我的那個東西就是這道謎題的解答。

而寫在告示牌上的「既然機會難得？」這幾個字卸下了那道障礙物，將解答送到我的手邊！

「貓魔前輩——這難道是那個哏？」

「喔喔！小淡雪，妳終於明白啦！果然厲害！我就相信妳一定能懂！那麼，我們一起把『那個哏』說出來吧！預備——！」

我配合著貓魔前輩的口號，喊出了那句話！

「「既然機會難得，我就選這扇紅色的門吧（註：典出經典劣質遊戲「死亡火槍」的開頭動畫台詞）！」」

在喊出那句傳說級名言的同時，我毫不猶豫地打開紅色的門扉。

「是說，這算哪門子提示——」

「如此這般，接下來就要和最終頭目『戰〇越前』（註：典出「死亡火槍」主角越前康介的代號「戰鬥越前」）交戰嘍。」

「這傢伙才不是什麼魔王吧？他不是一個普通的傭兵——」

『達尼、葛雷格，你們還活著嗎？』

「他們都死掉了啦——啊可惡我的吐槽要跟不上了！呼……呼……呼……」

：結果居然是死亡〇槍喔www

：這不是只有內行人才解得開嗎！

：既然最終頭目是越前，達尼和葛雷格根本就是間諜了笑死。

：什麼叫「既然機會難得」啦……

：這款劣質遊戲是怎麼回事（註：典出「死亡火槍」的開頭動畫台詞「這段樓梯是怎麼回事！」）！

……貓魔說得沒錯，這已經算是一款傻瓜遊戲了笑死。

我調整著被接二連三的吐槽點整得紊亂的呼吸。

在很久以前——在我加入Live-ON之前，我曾看過貓魔前輩介紹這一連串哏的來源，也就是名為「死亡〇槍」的遊戲介紹直播，是以終於挑對了正確的紅色門扉。

……呼，總之算是冷靜下來了。

「很好，那麼——給我認命吧喔啦啊啊啊啊啊——！」

我像是要將吐槽累積下來的疲憊和恨意全數奉還似的，朝著最終頭目發起了挑戰。

而在幾分鐘後——

「恭喜妳！這下就破關嘍！」

「總算結束了……」

漂亮地擊敗戰鬥越前的我，在看完短短的製作名單後，回到了標題畫面。

遊戲通關——這場直播的目的達成了。

「哎呀，在結束後回頭想想，就不正經的方面來說，這說不定算是挺有趣的遊戲呢，況且直播氣氛也炒得相當火熱。但我死也不打算玩第二次就是了。」

「喵哈哈！小淡雪，這次真的很謝謝妳呀！貓魔我也是頭一次體會到讓別人玩自己的遊戲是這麼開心的一件事！同時藉此明白今後需要反省的部分。看來在小淡雪面前要抬不起頭來啦！」

「……您真的有反省的打算嗎？」

「真的真的。老實說，這次開台之所以能這麼順利，都得歸功於小淡雪過人的主持功力呢。今後若是還要製作新的遊戲給其他直播主玩，就得給直播多做些效果，並鑽研出能讓直播主沉浸其中的作品才行——這是我這次覺得最需要改進的地方喔。」

「原、原來如此……我也贊成給直播多做些效果這點……至於我的主持功力就不予置評了。」

「別這麼謙虛啦！自從妳改頭換面之後，又有了進一步的成長。如今的妳就算沒有強〇，依舊具備尖銳的吐槽功力，連貓魔我都大吃一驚喔。身為前輩，我也不能落於人後呢！是說，開場之際妳不是曾說過什麼散發著魅力一類的話喵？」

「自、自稱和被人講的感覺是不一樣的啦！」

：無論是小淡或小咻瓦都能把直播時的場子炒得火熱，仔細想想還真不妙。

：由於實在是太過自然，很難有所察覺，不過她確實是個能幹的天才呢。

〈朝霧晴〉：哦！大家都很懂嘛！

「喵哈哈！妳這可愛的一面說不定也是大家喜歡的部分喲！好咧！在直播的最後就有請小淡

雪發表一下對這款遊戲的感想吧！」

「我認為停在標題畫面持續聆聽晴前輩的曲子是最佳的鑑賞方式。」

「那就在收下頂尖級讚賞的同時和大家說再見喵～」

呼，這下子今天的直播就結束啦！……嗯，奇怪？

「貓魔前輩，遊戲剛開始的那道光芒，到頭來究竟有什麼意思呢？」

「嗯？哦，那個呀！那其實沒什麼意義喔！」

「啥？」

在直播的收尾時以「啥？」作結的直播主，我恐怕是史無前例的第一人吧……

「辛苦啦！小淡雪，再次謝謝妳今天出手幫忙喔。」

「不會不會，光是能收到您的邀約就讓我很開心了！……那個～不好意思，您現在方便稍微小聊幾句嗎？」

「嗯～？當然可以喲。怎麼啦？」

直播結束後，我依循在開台前預定好的計畫，向貓魔前輩打聽了一件事。

打聽的內容當然與聖大人有關。

「以貓魔前輩身為同期的角度來看，聖大人的狀況真的不要緊嗎？」

「啊——原來如此……妳很在意嗎？」

「是的。感覺她的表現不太尋常……雖然看她恢復開台的確讓我稍微放心了一下啦。」

「這個嘛，我覺得不用太放在心上喔！」

「咦咦咦咦……」

聽到這顯得隨便的回答，我不禁發出有些傻眼的嘟囔。

就連同期都是這種態度。聖大人，您迄今到底惹毛了多少人呀……

「哈哈哈！別做出這種反應啦！貓魔我也是很擔心她的喔？」

「是真的嗎——？但您剛才的提議還挺冷淡的耶。」

「貓魔我也知道她的狀況不太對勁喔。正因如此，我悟出了一個道理。」

「悟出了一個道理？」

「那就是——這次的主角不是貓魔和小淡雪等人喔。」

「……嗯——？」

聽到她這句模稜兩可的回答，我原本就很混亂的腦袋登時變得更為混沌。

「啊——總而言之呢，一如貓魔我起初的回答，小淡雪只要像平時那樣精神抖擻地直播，把Live-ON的場子炒得火熱就ＯＫ嘍！」

「喔……」

「哈哈哈，妳的聲音把難以接受的心情如實表現出來嘍？」

「嗚咕！」

儘管這樣說不太禮貌，不過這位前輩比我想像得還要敏銳呢……

「貓魔我也不打算在一旁冷眼旁觀，雖然不清楚聖真正的想法為何，但多少有點頭緒，因此會以一個協助者的身分，盡可能地提供幫助。所以說，妳可以將這件事交給貓魔我處理嗎？」

「…………我明白了。」

我這回用力地點了點頭。

不知為何，貓魔前輩的這番話帶著強烈的說服力，讓人不禁點頭同意。

這肯定是因為她以二期生身分陪同聖大人走過的這段路，為話語增添了重量吧。

這或許也能說是二期生的羈絆吧。她肯定和我一樣擔心聖大人，卻仍能以與我不同的角度理解聖大人的行為。

我的腦海裡回想起自己以一介觀眾——在加入三期生之前所看過的Live-ON。那是從晴前輩一枝獨秀，逐漸發展成「名為Live-ON之箱」的時期。儘管二期生各自擁有突出的才能，基本上卻都給人不若晴前輩那般全能的印象。

然而這也帶來了嶄新的魅力。她們互補著彼此不足的部分，齊心協力，逐漸獲得觀眾支持。

包含我在內的觀眾們都不單純視她們為晴前輩的接班人，而是一支饒富魅力的全新團隊，為Live-ON今日之「箱」打下基礎。

過程中想必也曾遭逢許多狀況。但正是跨越了那些，才造就了現今的榮景。

既然如此，我就相信她吧。這與術業有專攻的道理類似，既然貓魔前輩理解了現況，想必應該能冷靜地想出對策吧。比起仍在原地煩惱的我，她早已領先了好幾步。

「總之呢，如果有什麼想商量的事就儘管找我聊聊吧。應該說貓魔我也需要更多資訊，所以要多找我商量喔。」

「瞭解。感謝您特地撥冗聽我說。」

「不會不會。能看到為聖操心的傲嬌小淡雪，對我來說已經賺到嘍——」

「什麼？」

「喵哈哈哈！那就再見啦！」

我明明打算正經地結束對話，貓魔前輩最後卻仍捉弄了我一番，隨即瀟灑離去。真符合她的作風。

「誰是傲嬌啦！」

儘管嘴上這麼說，但就近見識到二期生獨特的羈絆，那份尊貴的氛圍依舊讓我的嘴角緩緩地上揚了。

「啊——……該怎麼辦呢……」

戶外已是黃昏時分。此時的宇月聖正躺在住處的床上，凝視著手機畫面喃喃自語。

顯示在螢幕上的，是來自朋友——神成詩音的訊息。

『今天還好嗎？有好好吃飯嗎？生活節奏沒亂掉吧？之前也和妳說過了，這次收益被沒收的狀況我會以媽咪的身分盡全力幫忙的！所以別擔心！啊除了直播之外，有什麼事都能找我幫忙，因此別和我客氣喔！不只是我，我想大家都願意當妳的幫手喔！對了！下次有空的話，我們一起開會討論該怎麼恢復收益吧！』

聖正為該如何回覆這則訊息而感到苦惱。

自從收益被沒收之後，詩音每天都會透過聊天軟體傳訊息，或是通話的方式，向聖表達呵護備至的關切之情。這種幾乎會讓人感到害怕的操心表現確實很有詩音的風格——如此想著的聖每重看一次訊息，就險些在煩惱之餘笑出聲來。

「她真的是個善良的女孩子呢。不過……唉，真希望她能就此放我一馬呀。」

聖深深地嘆了口氣，再次動腦思考。

迄今都以客套話回應，藉此逃避真心話的聖，隱約察覺到這樣的回答方式漸漸行不通了。

無論聖回答了多少次「我不要緊」，詩音依舊會一再捎來噓寒問暖的聯絡。而聖也明白，這表示詩音很清楚她並非處於「不要緊」的狀態。

「……似乎不知不覺把距離拉得太近了。真是的，真為自己的輕率感到厭惡。我到底在搞什麼啊？」

說完並重重地嘆了一口氣後，聖姑且擱下回應，跳出聊天室頁面。

主頁面顯示著大量未讀通知，內容都是直播主同伴們關切和鼓勵的話語。昨天的狀況也差不多，聖記得自己已經全數做出回覆。然而今天似乎連互動不多的人們也傳來了關切的訊息，令她見狀不禁笑出聲來。

「真是的……晚點也得回覆他們才行呢。」

她再次將畫面切回與詩音的聊天室，並思索著應對的方式。

然後——

『謝謝妳的關心。我沒事，也很有精神喔。收益化的問題總有一天會解決的。經濟方面還不到需要擔心的程度，所以我也不怎麼緊張。只要詩音保持原樣，Live-ON也保持原樣，就沒問題嘍。』

到頭來，她依舊給出了這般客套的回應。

「……我為什麼要這麼煩惱啊？」

有擔心自己、試圖協助自己的朋友們，讓聖感到相當開心——這份開心的心情卻同樣折磨著她的內心。

「各位，謝謝你們。還有……對不起。」

如此低喃後，明明尚不打算就寢，聖仍將雙眼閉上了好一段時間——

與此同時——

「唔——！」

位於訊號另一端的詩音也同樣正喃喃自語著。

「又～是這種回應！難道以為我沒發現她的狀況很不對勁嗎？」

誠如聖的預料，詩音早已察覺到她的異狀，容忍度瀕臨極限這點更是猜中了。

自從以直播主身分出道後便齊步至今，兩人憑藉著這份交情，哪怕只是隻字片語，都足以讓彼此察覺對方的狀況有異。

「聖那個變態以為我看她看了多久呀！她都沒發現自己的狀況一天比一天糟糕嗎？啊——總

覺得愈來愈火大……去找貓魔吐苦水算了。」

詩音向同期的晝寢貓魔傳了訊息。而對方似乎有空，於是她便與貓魔展開語音通話。

她連珠砲般地把自己和聖近期的互動說了個痛快。

「——就是這樣。真是的——跟個嬰兒一樣讓人頭痛呢！」

「嗯嗯，就是說喵——」

「貓魔是怎麼想的？」

「貓魔我覺得詩音真的很喜歡聖呢。」

「嗄、嗄？妳在說什麼鬼話？有聽我說話嗎？」

聽到貓魔出乎意料的回應，詩音登時漲紅臉龐，一副慌亂的模樣。

「貓魔我有好好在聽喔。正因為詩音比任何人都要關注聖，才會擔心得難以自拔。卻又礙於她不肯乖乖找人商量而感到不甘心——是這樣沒錯吧？」

「才、才沒有這回事呢！」

「我說錯了嗎？貓魔我聽了妳那些話，只得出這樣的結論喔？」

「才沒有！因為……啊、咦？」

詩音回想起自己講過的話語，發現結論正如貓魔所言，一時之間竟接不了話。

面對這樣的詩音，貓魔「喵哈哈」地笑了笑，隨即以略顯溫柔的口吻說道：

「不用刻意否定也沒關係喔。畢竟這代表妳非常重視聖，我認為這是件好事呢。」

「…………」

「貓魔我也摸不透聖現在的想法為何，但妳的心思肯定已經傳遞到她的內心了。所以妳今後就一如往常地繼續關心她吧。」

「…………嗯。貓魔，謝謝妳陪我聊天。」

「不用放在心上。別看我這樣，其實也很在乎同期的狀況喔。」

在這之後，雙方互道「再見」，結束了通話。

「…………糟糕。」

然而即使通話已經結束了好一段時間，詩音的臉龐依舊躁熱，心臟更是像在捶打太鼓似的咚咚作響——

第二章

來去狩獵一場吧

「魔狩」——對住在日本的遊戲玩家來說，聽到這個遊戲名稱而毫無反應的，恐怕是少數中的少數吧。

持續推陳出新的這款遊戲知名度一再飆升，最終獲得了堪稱社會現象的驚人支持率，是傳說等級的遊戲系列作。

儘管並未調整成即使是遊戲菜鳥也能輕鬆上手的難度，介面更有著諸多不便，這款遊戲卻教會了大家何謂齊心協力的樂趣。

好啦。雖然說得煞有其事，但本人心音淡雪其實連遊戲玩家都稱不上，是以魔狩的遊玩經驗也是零，迄今的說明都是照著維基百科唸出來的。

不過魔狩在近日推出了新作品，還因為製作精良而一炮而紅，最後連Live-ON都掀起一陣風潮——三連擊來得就是如此突然。

看著大家的直播，淡雪我心中的魔狩魂也逐漸膨脹，終於迎來了極限。今天，全新的菜鳥獵人就要誕生於此了。

「噗咻！我是降臨在魔狩界的超新星，小咻瓦的啦——！接著是今天的特別來賓！」

「呀呵——！大家內心的太陽，朝霧晴高高升起嘍！為了初來乍到的咻瓦卿，我今天會以導師的身分協助序盤的遊玩喔！」

如此這般，在與貓魔前輩的合作之後，我又馬不停蹄地開了合作台的啦！

由於是期盼已久的合作，本次企畫早在很久以前就已經敲定完畢。今天雖然只有晴前輩出馬幫忙，不過接下來連續幾天都會和許多人一同合作。

這回是期待已久的魔狩，所以結束了與貓魔前輩的通話後，我便拋開內心的迷惘喝下強〇，以炒熱直播氣氛為第一優先。聖大人，您有在看嗎——？雖然不曉得您在想什麼，總之我會讓您笑到將嚴肅的事情拋諸腦後，給我做好覺悟吧喔啦！

「想不到您居然願意參加這種照護活動，晴前輩難道很閒嗎？」

「哦？沒禮貌的傢伙。從現在開始，妳便該懷著崇敬之情稱呼我為大老師閣下（特別帝王女王皇帝神明超爆來勁貝卡斯（天馬）混種）才對啊下等愚民。」

「對著無知的後輩擺架子是不是太可悲了點？啊，您就是因為這種個性才沒人想找您一起合作是吧原來如此我明白了。」

「嗚嗚，咻瓦卿難道討厭我嗎？」

「……如果討厭，我哪會把晴前輩請來當老師呀？」

「咻、咻瓦卿！」

「晴、晴前輩！」

「「跌雷嘻嘻嘻嘻嘻嘻！」」

：別突然致敬奧〇麗（註：奧黛麗為日本的雙人搞笑組合，成員為若林正恭與春日俊彰）**的哏啦。**

：咦，有人會在一起笑的時候發出只在航〇王聽過的笑聲（註：典出漫畫《航海王》裡薩烏羅的笑聲）**嗎？**

：不妨快快進入魔狩的世界吧。

：這些人光是開場對話感覺就能聊上好幾個小時，真可怕。

：畢竟都是一閉嘴就會死的人嘛。

如此這般，在得知這不是一款能讓一無所知的菜鳥過關斬將的溫柔遊戲後，我便搬了晴前輩這位救兵。

儘管由於遊戲剛發售不久，其他直播主們的進度也快不到哪裡去，不過玩過其他系列作的遊玩功力便明顯截然不同。

我今後也打算和她們一同合作通關，所以才會想趁著這次合作先摸熟最為基礎的遊戲機制和

雷嘻嘻嘻
嘻
清秀ZERO
未成年
請勿飲酒

訣竅，為之後的參與做準備。

「那麼就開始玩遊戲的啦——！」

「好喔——」

畫面播放起開頭動畫——在幻想風格的世界當中，巨大魔物們張牙舞爪的影片。讓人看了不禁意氣昂揚。

這次作品似乎採用了以日式為題的世界觀。我可以感受到體內的大和魂正朝天硬挺了起來。

昔日的英雄日本武尊曾說過：「我因為太沉迷魔狩所以搞砸了人生。」古事記也是這麼記載，所以不會有錯的。

好啦。就在開頭動畫結束後，場景移動到看似住家之處。而我剛剛創立的主角則正呼呼大睡。

此時有兩道人影現身了。什、什麼？

「喂，貝卡斯！糟糕啦！」

「OH？怎麼啦淡雪BOY（註：典出漫畫《遊戲王》裡貝卡斯的口吻）！」

「出現了兩隻像是全身上下充滿性器官的母魔物啊！」

這、這兩個耳朵尖尖、看似姊妹的女人們是怎麼回事（註：典出遊戲「魔物獵人：崛起」的龍人姊妹角色水藝和火芽）？簡直就是癖性的好○多啊？

「這是怎麼回事？這遊戲根本不能叫魔物狩獵，而是該叫魔物色黜才對吧！難道魔狩其實是一款狩獵魔物娘的色情遊戲？我得同時狩獵這對好色姊妹才行嗎？」

「ＷＯＷ！真是不錯的千年眼！我的小貝卡斯也遭受了直接攻擊呢！」

：反應也太符合預期了笑死。

：明明有那麼多稱呼，結果最後選的居然是貝卡斯喔……

：依我看，這位貝卡斯的心靈應該已經被破壞了吧？

：原來如此，這就是勇者鬥魔娘嗎？

：沒人吐槽竟是恐怖如斯。

「話說回來，這個主角為什麼還在睡啊？以各方面的意義來說，現在就是該立正站好的時候吧！給我賭上性命去執行任務！只要性慾還在，就該盡己所能！可別死得輕如鴻毛！給我挺身一戰！展露高潔的風範！你應該是被選上的戰士才對啊！」

「好啦！現在是賽馬男Stiffy Derby（註：惡搞手機遊戲「賽馬娘Pretty Derby」）的時間了！正如各式各樣的任務都是從營地開始那般，這款遊戲也是從胯下的營地開始的！那麼淡雪ＢＯＹ！現在就是說出事前交代過的那句名言的時刻！」

「我、我明白了！要說嘍？預備——」

「「來獵黜一場吧！」」

「……啊。」

「嗯？怎麼啦淡雪ＢＯＹ？」

「仔細想想，我創立的角色是個女人，所以沒東西可以勃起啊。」

「嗄？妳這創角的操作失誤也太嚴重了吧。貝卡斯都要幹勁全失地回去決鬥者王國篇嘍？」

：草上加草。

：好的有罪。

：強力建議隨身攜帶道歉用的點心盒。

：這兩人真的都是頭腦不好的天才呢。

：創角的操作失誤是什麼鬼啦……

哎，雖然有些似懂非懂的部分，不過淡雪的獵人生活即將就此開始啦！

開頭動畫結束後，便開始進行教學階段，說明遊戲的世界觀和接受任務等操作方式。

在這之後，晴前輩也指導了我道具商店和用餐處等設施的使用方法。接下來總算來到武器店，進行我期盼已久的武器說明。

與店門口處製作武器，看起來很有威嚴的大叔說過話後，能使用的武器候補便如小山般冒出。似乎能從中自由選擇武器的樣子。

「好咧，咻瓦卿有想使用的武器嗎？」

「嗯——……您覺得哪把武器適合推薦給菜鳥呢？」

「要聽我的意見呀？雖說這遊戲確實存在著較易上手的武器，但就我個人認為享受這款遊戲的最佳方式，還是將自己一見鍾情的武器要得虎虎生風呢。無論是哪種武器，只要練得夠熟都相當厲害，所以挑個喜歡的就行嘍！」

唔嗯，那麼勾起了我興致的武器是……

「要是對哪種武器有興趣，我也會幫忙解說的。晴晴我在魔狩裡已經熟練所有的武器，是全能型玩家喔！」

「謝謝您。那我先問問這個看似正統的單手劍。」

「嗯嗯，單手劍一如外觀所示，是種攻守兼備也易於入門，能如同手腳般靈活運用的武器喔！然而作為代價，火力略顯不足，所以多給人專司輔助的印象。在我們這些直播主之中，會選單手劍的說不定是小真呢。」

「真白白嗎？原來如此，換言之就是可攻可守的兩性具有類型對吧？原來真白白是兩性具有啊。」

「妳搞錯嘍。」

：沒搞錯啦。

〈彩真白〉：妳搞錯了。

：請將錯就錯吧。

：雖然期待能將錯就錯，但又覺得可以抱持微小的希望期待沒搞錯。

：笑死。

：因為擔心小咻瓦而跑來看台的真白白好萌。

〈彩真白〉：你、你們別搞錯了！別搞錯了！別搞錯了！

：真白白，傲嬌角色是不會只說這句話的。妳這樣就變成單純的錯誤指正廚嘍。

：真白白使出渾身解數的耍寶真可愛。

「呃——接下來麻煩您說明一下這個名為雙劍的武器。」

「好喔！這是種專精攻擊的武器喲，以兩把短劍使出勢如破竹的連擊！雙劍洋溢著浪漫與中二病，是聖聖也愛用的武器！」

「原來如此。再來有勞您說明這個叫狩獵笛的武器。」

「ＯＫ。這玩意兒是蘊含特殊效果的武器，能在戰鬥的同時當成樂器演奏音樂喔！愛用這種武器的是小詩！」

「從稱呼來判斷，您說的是詩音媽媽吧？原來如此，我心裡有底了。」

「哦？」

「這是能對敵方魔物演奏出雌性的發情叫聲，藉此讓對手的思緒陷入混亂——由精神方面發起攻擊的恐怖武器吧！」

「妳的想法就某方面來說可說是天才，遺憾的是並非如此。演奏效果是用來強化我方的啦！」

「咦，難道是演奏喘息聲藉此強化精力嗎？性大人會不會因為勃起，讓原本的雙劍搭上胯下的那話兒進化成三刀流呢？」

「傻——瓜。」

「白——痴。」

「為什麼我被反嗆了？」

：三刀流笑死。

：是索〇嗎？

：我想像了一下在雙劍亂舞的同時擺動腰部以胯下攻擊的光景，然後就笑出來了。

：用笛子降低對手能力的功能感覺會在未來新增。

：連晴晴都被耍著玩的恐怖。

「接下來——這個嘛，大劍又如何呢？」

「哦，您的眼光相當獨到呢！大劍一如外觀所示，是種沉重粗獷，具備驚人破壞力的武器喔！儘管看似笨重，卻意外地被歸類為好上手的武器呢。這種武器平時採取的是打帶跑戰術，不過等到魔物露出巨大的破綻之際，就賞牠一發威力強大的蓄力斬吧！」

「原來如此，換句話說——」

「妳搞錯了。」

「我什麼都還沒說耶！」

「記得其他的直播主當中，光光也很愛用這種武器喔！總覺得很符合她的形象呢！」

晴前輩嘴裡的光光，指的應該是小光吧。她肯定不會用正經的方式玩這款遊戲……

在那之後，晴前輩繼續為我解釋中意的武器，讓我在心中明確地列起了排行榜。

然後——

「晴前輩，我選好了。」

「喔！讚喔讚喔。妳挑了哪一種？」

「我捫心自問了這個問題——和用茶壺泡出來的綠茶最為接近的是哪一種（註：典出日本茶飲品牌「綾鷹」的宣傳標語「和用茶壺泡出來的綠茶最為接近的口味」）？」

「欸，妳有在聽我說話嗎？我好像從來沒提過和茶有關的話題……」

「被選上的是『長槍』。」

「算了算了（死心）！所以說，妳挑上長槍的理由是什麼？」

「我呀，在這款遊戲裡訂下了一個目標。」

「目標？什麼什麼？」

我想在這款遊戲裡達成的成就是——！

「我要奪走所有魔物的處女！」

「嗄？」

「選手宣誓！我發誓要耍弄這根尖銳而巨大的長槍，與各式各樣的魔物們ＳＥＸ！」

「傻——瓜。」

「白——痴。」

「所以被嗆的為什麼是我啦？」

：大草原。

：www

：來個人把綜合醫院搬過來啊——！

：即便是玩家人數多如繁星的這款遊戲，這樣的挑戰依舊百分之百是前無古人。

：獵人（性方面的意思）。

如此這般！今後我會和各位直播主們合作直播，並將狩獵的技術鍛鍊到極致！晴前輩，謝謝您給我各種建議！

「抱歉抱歉久等了！光總算也和大家會合了！」

「哦，等妳很久嘍！」

「前鋒就麻煩您的喲～」

「瞭解！讓妳們瞧瞧主砲的厲害！」

在受到晴前輩鉅細靡遺地指導基礎操作後的隔天，我總算實現和其他直播主一同合作狩獵的心願。

今天的隊伍是由沒喝強○的我、小愛萊和小光這三人所組成。我們三人的進度都尚在序盤階段，是以決定一起組隊攻略。

不過，其中最匪夷所思的成員就屬小光了。以我個人來看，小光給人的應該是那種披荊斬棘的印象，所以聽到她和我與小愛萊同屬菜鳥組之際，我真心感到困惑不已。倒不如說，我記得之前確實瞄到過她做了長時間開台的直播縮圖才對呀……

然而我在開台之前曾進行確認，發現小光的進度確實仍停留在序盤，認為沒什麼問題的我便請她一起來幫忙了。她似乎遊玩過這系列的許多作品，是位可靠的前輩獵人呢。

我用長槍，小光用大劍，小愛萊則是裝備著遠距離攻擊的弩槍。這看起來就是一組平衡的隊伍呢！

「小、小淡前輩，請注意魔物會轉頭看您的喲～」

「ＯＫ，我會鞏固防禦的。」

「讚喔讚喔！妳們兩位都適應得很快呢！光也為同伴增加感到無比開心喔！」

：喔喔！

：小淡愈玩愈上手了呢。

：打得好！

我們目前正與看似大型青蛙的魔物交戰。

我選為主要武器的長槍，是同時裝備了巨大的長槍和盾牌的笨重武器，但在抵禦敵方攻擊的防禦性能方面位居所有武器之冠。

雖然尚在摸索的階段，但我已經隱約掌握使用武器時應對進退的竅門了。基本上就是趁敵方露出破綻時使出刺擊，有時則夾雜橫掃的動作——總之得盡可能地緊貼著敵人，才能發揮長槍的優勢。由於還是序盤，即使是我這種菜鳥也能表現出穩紮穩打的態勢。

「話說回來，聽到小愛萊也在玩魔狩，其實我有些意外呢。喏，儘管只是個假頭銜，但妳不是動物園的園長嗎？」

「啊，光也這樣想！畢竟妳也有過被稱為園長的時期嘛！」

「不不，我現在依舊是貨真價實的園長。應該說沒有除了這個之外的頭銜的喲～」

「「不不可是──」」

「的(DEATH)喲～」

「「啊，好的。」」

之前在玩恐怖遊戲時慌得手足無措的小愛萊，如今也能將組長的身分當成搞笑哏運用自如了。

就形象來說，她說不定和我挺像呢。

「算了。關於剛才的問題，我其實也是會想追隨流行的喲～況且，我可不打算當一個分不清虛擬和現實差異的偏差分子的喲～不過若是遊戲系統允許，我一個人玩的時候，還是會盡量以捕獲的方式完成任務啦～」

「原來如此，真教人佩服。」

「咻──！成熟的大人！」

「不會不會。兩位才是我的前輩的喲～！嗯，總之就是這樣。啊，對了，我這次弄到了罕見且昂貴的優秀子彈的喲～既然機會難得，就拿來多射幾發吧。」

小愛萊這麼說完，架起弩槍擺出了射擊姿勢──一隻小型魔物卻衝進她的彈道，擋在這次的目標魔物前方。

就在我下意識地發出「啊」一聲的瞬間，小愛萊罕見而昂貴的子彈並未命中青蛙魔物，而是射中了小型魔物。

「……嗄？臭小子竟敢待在我的射線上頭，你在搞什麼鬼啊啊啊！」

「「咿咿？」」

出、出現啦！這就是愛萊的特技，從動物園園長變身成動物組組長的瞬間！

「別在我的征途上搗亂啊你這區區小癟三啊啊啊！」

「組、組長，請等等？」

完全切換人格的組長所採取的行動，徹底超出我的預期。

她收起武器，朝著仍活蹦亂跳的小型魔物靠過去，隨即使出被當成裝飾用的動作——幾乎無法造成傷害的「踢擊」直接進行攻擊！

「看招！弩槍踢！弩槍踢！弩槍踢！」

「喔喔！居然是拳打腳踢的風格！好帥！光也想這麼做！」

「不不這遊戲不是這樣玩的啦！這和弩槍沒關係吧！組長！拜託您，請冷靜一下！」

「呼、呼、呼……真、真對不起……的喲。」

在我拚了命的呼喚下，總算阻止組長荒腔走板的行動，重新讓園長降臨了。

呼，真不愧是Live-ON，每個人都有兩把刷子呢。

：這腦袋是嗨翻了吧www

：是不是該叫條子過來了？

：感覺即使被逮捕入獄，也會說著「囚犯們都是動物」而支配他們。

：笑死。

「那個，雖然我覺得不太需要解釋，但姑且還是提一下喲？誠如我剛才所言，這是因為身處遊戲中才會採取的行動喔？如果不能正確判斷出能做和不能做的事，便沒辦法以『長』自居嘍？」

「啊、嗯，是這樣沒錯呢。說起來，Live-ON也不可能會錄取真正的壞蛋嘛。」

「總覺得可以理解動物園裡的動物們是對小愛萊抱持著尊敬、崇拜與敬畏的念頭！感覺小愛萊能以過人的魅力發揮領導力喲！」

「這是在誇我嗎？不過，我就算要在現實裡掄起拳頭，也一定只會發生在看到邪惡之徒以最低劣的手法對待動物們之際的喲～」

「「好帥。」」

好啦，差不多該重新專注在狩獵上了。

「話說回來，青蛙真是神奇的生物呢！」

「哦，您為什麼會這麼想的喲～？」

「唔嗯——應該說兩棲類都有類似的特徵吧？不覺得牠們都有一種彷彿並非地球原生物的神

祕氛圍嗎？說牠們來自於外太空也會讓人深信不疑呢。」

「對呀！光在念小學時也受到好奇心的刺激，經常會抓牠們回來觀察一番呢！」

我逐漸習慣了敵人的攻擊模式。既然狩獵的過程變得不再危險，我們閒聊的時間自然也變多了。

由於狩獵的對象剛好是青蛙，我便順勢拿來作為話題。而對於喜歡各種生物的小愛萊來說，這似乎是投其所好，只見她開開心心地接下了話題。

「光是青蛙大人就蘊含了五花八門的種類呢。除了眾所周知的毒蛙，也有會將卵揹在背上的種類，還有會發出宛如嬰兒啼聲的種類的喲～另外，其實牠們的滋味也相當美味喔。」

「欸？能、能吃嗎？吃青蛙？」

「這個光知道喔！與外觀不同，青蛙肉不帶腥臭味，而且很好吃喔！」

「呵呵，光前輩真是博學多聞，了不起～了不起的喲～！即使是現在遍布全日本的牛蛙，起初也是基於食用而從國外引進的外來種的喲～」

「對於極限求生來說，這可是基礎知識呢！為了能在各種險惡的狀態下存活，我除了青蛙之外，也練就了支解蛇類的本事呢！」

「這種知識有機會應用在現代的日本社會當中嗎……」

：我是青蛙，請吃我吧。

：豈能讓你成為小光的血肉！回你的水「窪」去吧。

：→這位仁兄也請回南極吧。

：我有在養圓眼珍珠蛙。但很難養呢。

：基本上爬蟲類和兩棲類都不會對飼主產生感情，所以養牠們必備的是不求回報的愛。

：青蛙就是那個……經常把女神大人吞下肚的玩意兒吧（註：典出小說《為美好的世界獻上祝福！》的水之女神阿克婭）？

：您肯定是住在美好的世界裡頭吧？

：我也經常被人稱讚說聲音很像青蛙呢。

：啊（察覺）。

：這世上也存在著不知道比較幸福的事呢。

雖說這種溫吞的遊戲別有樂趣，然而人類也是會因此輕忽大意的生物。

只見目前的遊戲畫面裡，小光因為進攻過頭而被逼到角落。魔物甚至像是不把她以外的獵人放在眼裡似的，對我們一點反應都沒有。

「咦，呃，小光是不是快撐不住了？」

小光的角色在連續挨了攻擊之後，露出動彈不得、滿是破綻的模樣——亦即所謂的昏厥狀態。

糟糕，再這樣下去，小光會失去戰鬥能力的！

「不、不要啊啊啊！我不想死！我不想再回到那個地獄了！快來人救我啊啊！」

「等等我，小光！我馬上把妳打醒！」

「我要丟閃光彈的喲～」

我連忙瞄準小光攻擊，讓她從昏厥中清醒。而小愛萊則丟出閃光彈，利用強烈的光芒使對手頭暈目眩。

呼，總算解除了危機。

「謝、謝謝妳們，真的幫大忙了呢……」

「不會不會。話說回來，小光妳怎麼會這麼慌張？我們現在挺有餘力的，即使倒下一次也沒關係吧？」

在這款遊戲，只要沒陷入三次無法戰鬥的狀態，任務就不會失敗。我們目前連一次都沒倒下過，所以我不覺得有必要這麼在乎……

「哎呀，其實光正在進行只要無法戰鬥就要立即刪除資料的限制玩法，並以破關作為目標喔！老實說，這已經是第七個存檔了呢！妳們真的是我的救命恩人，愛妳們喔！」

「「嗄？」」

聽到小光以理所當然的口吻說出這段話的瞬間——我和小愛萊的時間停止了。

然後時間開始流動。

「組長，俺要呈守護陣形，固守在目標前方。」

「明白。組員的性命由我守護。看我把牠射成蜂窩！」

「哦喔？兩位是怎麼啦？啊，即使死掉，我也會在任務結束後才刪除資料，所以不用擔心喔！」

「「才不是那個問題啦！」」

我倆異口同聲地這麼說。

這孩子的腦袋到底是怎麼運轉的？為什麼會想做這種事啊！我在開播前感受到的困惑總算有了解答啦！

「小光，妳現在立刻返回位於上方256步、右邊1步、下方16步、左邊32步處的營地。」

「為什麼要用那種說明『神祕場所』（註：典出遊戲「寶可夢 鑽石／珍珠」的未正式加載地圖，可透過特殊操作前往，並引發各種非正規的現象，但亦有資料毀損的風險）般的語氣說話的喲～？」

「啊，神祕場所！好懷念的名詞喔！光以前也做過首見挑戰神祕場所呢。在沒有任何攻略知識的前提下進行挑戰，以心眼鎖定目標！但最後還是讓資料毀損了，可見光仍只是個半吊子呢。」

「我說小淡前輩，要不要讓我家的動物園收容光前輩呢？」

「求之不得！」

「不不，不可以啦！無論遊戲還是人生，光都是現役的挑戰者喔！應該說我希望把資料刪除！若能跨越諸多考驗，光便能變得更強！所以妳們別放在心上，儘管使喚我吧！」

：笑死。

：真的是個瘋子。

：這就是名副其實的人被殺就會死。

：不為人知的超級受虐狂，況且還是登峰造極的那種。

：Live-ON竟然把她包裝成活潑、中二病和傻孩子的形象。

「好咧！討伐成功！兩位都辛苦啦！」

「辛苦了的喲～」

「辛苦了。哎呀，真的很累呢，主要是費神的部分……」

在那之後，我們順利在小光存活的狀態下完成任務。

雖說也是為了守住小光的存檔，但我上次這麼認真地玩電動，應該是在玩維老大（註：網頁小遊戲「小熊維尼全壘打大賽（くまのプーさんのホームランダービー！）」在日本的暱稱，以極不講理的超高難度聞名。遊戲已於2020年年底下架）的時候了吧……那款遊戲的緊張感與沉浸感確實相當驚人，連我也不禁沉溺其中……才怪。

小光啊，只是玩個遊戲而已，應該以更放鬆的感覺去享受啦……為什麼總是要幫自己設下種種考驗呢……

「哎呀，在快死掉的時候，光的心臟真的跳得好快呢！腎上腺素分泌量多到像是出了錯，讓人連眨眼都忘記了呢！」

「那就立刻取消這種限制玩法吧。」

「不不，可是呀，儘管知道一旦失敗就會留下重度的心靈創傷，不過那樣的瞬間……實在是爽到不行呢……」

「這女人超不妙的喲～」

「感覺像是某個死了太多次結果變成變態體質的間諜（註：典出遊戲「Little Busters!」女主角之一的朱鷺戶沙耶）會說的話呢。」

「儘管射雷射過來的喲～！」

「每次在考驗中受挫，光的心靈就會有所成長，如今已是鑽石等級！是不滅的鑽石！啊啊啊……要不要在打最終頭目時加上不穿裝備的限制呢？破關在即的緊迫感，足以讓一旦死掉就前功盡棄的絕望攀上顛峰……鬥志要燃燒到極點了呢！」

「明明看到地雷卻往上踩的行為稱不上勇敢。」

「但是光前輩也不是聽到這席話就會放棄的尋常之輩的喲～」

看到同期走火入魔的模樣，我也藏不住內心的動搖。但這究竟該怎麼處理啊？

應該說，仔細想想，Live-ON裡面是不是真的連一個正經人物都沒有？倘若再繼續待下去，我就要變成沒辦法被直播主以外的朋友滿足的體質嘍？

——啊，說起來我除了直播主之外也沒朋友嘛。啊哈哈哈——

「嘎嘎咕啵嗚噎——」

「小、小淡前輩您怎麼了？如果個性過於突出的間諜角色增生成兩人，即使是園長也會窮於應付的喲……」

「嘔吐……在吃到快反胃的狀態下玩長生棒，一旦吐了就算輸的限制……似乎挺有意思的呢。」

「住手！說什麼都不要在直播上吐出來，會鬧得雞飛狗跳的。」

「說服力高得異常的喲～」

：經驗者如是說。

：靠著嘔吐登上業界頂點的人，嘴臉就是不同呢。

：**嘔吐式人生革命。　¥10000**

：將嘔吐物和體內的清秀一起吐出來的女人。

：說什麼體內，原本就只是貼在身體表面的玩意兒不是嗎？

：奇怪？嘔吐說不定也不是件壞事喔？

：如果能具備神明眷顧的美少女外貌這個先決條件，搞不好的確有點機會。

：原來如此。很好，我這就去準備嘔吐直播台。

：我不討厭自信MAX的這位仁兄喔。

「欸，小光，妳的目標到底是什麼呀？」

「當然是最強的生物啦！」

「回答得好快？那為什麼不去道場修練，反而跑來當VTuber了？」

「VTuber＝電子生命體＝所有攻擊皆無效＝世界最強。光是天才，對吧！」

「QQQ，證明失敗。」

「BBQ，我想吃烤肉的喲～」

：人在降生之後，任誰都會在畢生當中萌生過一次成為「地表最強生物」的夢想。而VTuber正是以「地表最強生物」為目標的格鬥士！

：畢竟V直播主的V是Victory的V嘛。

：VTuber好厲害（小學生般的感想）。

：選在錯誤的國家和時代出生究竟是不是一件好事？我已經搞不明白了。

：園長在逃避現實了笑死。

「真的是喔……妳在Live-ON的面試到底是怎麼過關的？」

「我拚了命地訴說自己想變得多強。然後對方就說：『是這樣呀！』等回過神來，光就已經錄取嘍！」

「放棄似乎也不錯，因為是人類啊，淡男（註：致敬日本近代詩人相田光男）。」

「差不多該接下一個任務的喲～」

在這之後，直到關台之前，我們都享受著狩獵的樂趣——然而多人遊玩之際理應較為輕鬆，我卻覺得比單人遊玩更加疲憊，這是不是太奇怪了？

但大家吵吵鬧鬧的氛圍確實相當有趣，應該會成為美好的回憶吧。

不過下次還是希望能放鬆心情，以正規的方式享受玩遊戲的樂趣呢。

再怎麼說，之後應該不會再遇上這麼糟糕的情況了。今天就對下一次的合作抱持期待之心，好好地睡上一覺吧。

晚安～……

——到了隔天。

「請給我蜂蜜，因為還是個小嬰兒啊。」

「嘻嘻嘻……小還……好久不見……是媽咪喲，詩音媽咪來見妳了喲……上次因為要主持活動所以憋住了，但我今天一定要把妳變成媽咪的孩子喔……」

「大家真白好——咱是暱稱真白白的彩真白喔。咱覺得今天一定會很累，所以已經預約了明天的按摩行程喔。」

啊，這下完蛋了，Live-ON裡是找不到救贖的。我要喝強〇了。

：找來了一群妖魔鬼怪笑死。

：有四個Live-ON的成員也太糟糕了吧！

：這些人肯定會在把魔物打倒之前生事吧。

：由小嬰兒、媽咪、強〇和插畫家組成的隊伍……我反倒想問是什麼契機才會把她們集合起來的？

：是要挑戰綜合格鬥技嗎？

：負責吐槽的真白白感覺要過勞死了。

「請給我蜂蜜，這是小嬰兒想要的東西喔？喏，快給拜拜拜託。」

「感覺像是變得煩人幾分的某頭黃熊呢。小還雖然和咱打交道的次數不多，但咱已經滿頭都是不好的預感了。」

「也請給我蜂蜜。我想要檸檬口味充滿氣泡又富含酒精且能讓人嗨起來的玩意兒。」

「小咻瓦，那東西不會被稱為蜂蜜喔。是說咱一個人吐槽也吐得有點累了，詩音前輩，能請您幫個忙嗎？」

「喏，小還，我這裡有蜂蜜！快過來！」

「感覺裡面有加料，我心領了。」

「是詩音媽咪的蜂蜜喔？妳會喝吧？嗯？應該不會不喝吧？」

「您的一切都好可怕。」

「看來是沒救了呢。」

一喝下強〇之後──真不可思議！剛剛還讓人懷疑起自己眼睛的隊伍，如今看起來竟是如此和樂融融！我是小咻瓦的啦──！

今天也把腦袋的功能歸零，一鼓作氣地胡搞瞎搞吧！

「喏，快把蜂蜜交出來，我嬰喔？喔？要是欺負小嬰兒，輿論可是不會放過妳的喔？」

「這孩子是不是被同期的黑道帶壞啦？是說咱好像聽說過蜂蜜會對嬰幼兒造成不良影響呢……」

「觀眾媽咪告訴還，如果想在魔狩裡被當成小嬰兒，就要把這句話掛在嘴邊喔。」

「原來如此。替不曉得原委的各位解釋一下，在魔狩業界裡，剛剛的那句話正是能讓人瞬間明白您是菜鳥的魔法咒語喔。但在大多數的場合只會徒增其他人的敵意，我想小還應該是被騙嘍。」

「什麼？嗚嗚嗚嗚媽咪！還被騙了……安慰我嘛。」

「小咻瓦，她來討安慰嘍。」

「您的媽咪不是我。」

「沒錯！正是如此！本詩音媽咪才是妳真正的媽咪喔！來吧，小還，甩了這個無情的酒鬼，過來媽咪這裡吧！」

「咦……可是媽咪就是媽咪……還的媽咪似乎是個愛開黃腔愛女人愛喝酒容易出軌和女人SEX又會在下個瞬間和強○SEX的人，但再怎麼說依舊是還無可取代的媽咪……」

「喂喂，妳怎麼可以忘記補上『而且還仗著自己長得漂亮大搞網路釣魚』呢？」

「居然是自己說嗎？」

嗚！真白白一如既往的冷淡吐槽真讓人受不了！感覺跟回到家一樣安心！

果然真白白對我而言，就像是一般人眼裡的老家呢。光是有她待在身旁，便足以讓我放心不已呀！

「欸欸真白白，容我突然問個問題。對真白白來說，我是什麼樣的存在呢？」

「咦，不就是強○嗎？」

欸，太糟糕了吧！被我視為老家般的人，居然把我看作用155圓就能買到的罐裝氣泡酒！

真是豈有此理！

「還覺得您是我的媽咪（斷定）。」

「詩音媽咪覺得妳雖然需要照料，但也是我重要的女兒喔！」

「喔喔！讚喔讚喔！我就是期待這樣的答案呢！那真白白的答案呢？」

「咦，不就是強〇嗎？」

「花惹發——發——……」

嗯，我懂了，看來如果不是獨處，她就會很害臊呢。嗯，總之當作是這麼一回事吧。

：倒不如說被前輩和後輩分別看成女兒和媽咪的這位比較奇怪吧？

：的確。我直接被她們的氣勢震懾住，沒察覺到這一點。

：我回來了。我剛剛逮捕了一名堅稱自己是小嬰兒並威脅前輩的近三十歲女子。

：聽起來是挺糟糕的案件笑死。

：立即回答的真白白不知為何讓我感受到了愛情。

儘管就這麼當成閒聊台一路拌嘴下去似乎也挺有趣的，不過為了期待今天的內容而前來觀看的觀眾們，還是該照原訂計畫行事嘍。

今天要討伐的是名為「噗魯噗魯」的魔物（註：典出遊戲「魔物獵人」的大型魔物「奇怪龍夫魯夫魯」）。從留言的反應來看，這似乎是隻深受觀眾們喜愛的魔物。

「噗魯噗魯是什麼樣的魔物呢？這是還第一次出戰，所以對牠一無所知呢。」

「詩音媽咪也不清楚呢。但既然有著如此可愛的名字，肯定是個可愛的孩子吧！感覺像是有滿滿膠原蛋白的造型呢！」

「我也很在意的啦！希望是有奪走處女膜價值的魔物呢。啊，記得真白白是老玩家吧？妳應該知道那是什麼魔物？」

「……咱確實是知道啦……嗯，一如名字所示，是隻外型Ｑ彈的魔物喔。」

「「「喔喔！」」」

這下值得期待了！我的長槍已經瀕臨爆發啦！

如此這般，咱們出任務去的啦——！

「那麼，在此宣布本次狩獵的先發成員！首先是我——小咻瓦！然後是真白白！」

「嘿——」

「詩音媽咪！」

「有！」

「小還！」

「有！」

「妳去做回國的準備吧。」

「我不會放棄的！」

：不能去見噗魯噗魯呀！

：確實是沒說謊。

：畢竟的確很可愛呢。

：小咻瓦要和那玩意兒對幹了嗎？加油啊！

：必經之路。

：小還看起來很開心是讓我最高興的事了，好溫馨啊。

任務開始！

一想到這充實卻充滿血腥味的獵人生活終於要遇上罕見的治癒系生物，我們一行人便三步併兩步地衝向噗魯噗魯的所在位置。不過……

「「「…………」」」

在看到牠身影的瞬間，除了真白白之外，我們三人都同時停下腳步，沉默了好幾秒。

嗯，我懂。在視線前方那隻有著龍型輪廓的魔物多半就是噗魯噗魯吧，這我還是明白的。

因為牠全身上下都給人「噗魯噗魯」的Q彈感啊，況且過於水潤的表皮還垂滴著詭異的液體。不僅如此，牠全身上下更有著無比白皙的肌膚，甚至連底下的血管都清晰可見。

淡色系的水潤肢體，宛如布丁一般Q彈。

不過……這些要素加料過頭，結果就變成一頭外型獵奇的生物了呀……？

「哎，果然是這種反應。喏，別傻在那裡，該開始戰鬥嘍。」

「啊，真白白等等，我需要說——」

『咕嘎啊啊啊啊啊啊！』

「吵死人啦啊啊啊啊？」

我正要向毫不猶豫地發起突擊的真白白抗議，卻被察覺到我們的噗魯噗魯所發出的刺耳巨吼給打斷了。

咿咿咿？看到牠轉頭過來我才發現……牠的臉長得好恐怖！感覺像是除了嘴巴以外的五官都忘了裝上去似的！

「喂，真白白！怎麼能讓對〇忍的角色出現在魔狩的世界啦！這會變成十八禁遊戲，沒辦法給小孩子玩啦！」

「至少把牠說成恐怖遊戲的角色吧。」

「您剛剛說了『還，去做回國的準備吧』吧。我這就去辦！」

「喂，小還！別打算脫離任務回家休息啦！妳可是優秀的先發成員啊！」

「媽咪，您剛才不是這樣說的！小孩子是看著雙親的背影長大的，請負起責任再發言！」

「我早在講出爆好擼之際就死了這條心啦！如果得為所有發言負責就得天天去懺悔室報

到，最後會連懺悔室的神父也氣到發飆，在我開始懺悔之前說教喔。懺悔室都要變成學生指導室了！」

「我才不管呢！是說還才不想工作！為什麼還非得在這裡當獵人不可？讓小嬰兒工作的話可是會引發社會問題的！」

「別想跑！妳這輕熟女！我今天就要把妳從小嬰兒的免死金牌底下給拖出來！」

「滾開！還可是小嬰兒喔！」

「從剛剛就只有咱一個人在戰鬥耶……」

：一如預期，宛如範本般的反應。

：是魔狩的傳統呢。

：小咻瓦感覺會在教會裡祈禱的同時喝強〇呢。

：聖水（強〇）。

：大罪司教之貪婪負責人——咻瓦妹妹．強〇喝滿沒力（註：典出小說《Re:從零開始的異世界生活》的貝特魯吉烏斯．羅曼尼康帝）。

：明明待在懺悔室卻感覺會被叫出去。

：笑死。

：別說自己不成戰力啦www

⋯⋯自行宣告不成戰力。

嗚，既然都選擇這個任務，只能硬著頭皮上了。要是放著真白白孤軍奮戰實在太可憐，落後一步的我也該加入陣線才行。

小還似乎也總算拿出了愛用的弓箭。不錯不錯。

⋯⋯嗯，奇怪？

我倆雖然往前邁進，唯獨詩音媽咪仍像是一尊石像般僵在原地，眼看就要被我們拋下。

話說回來，我們剛才明明吵嚷得這麼凶，詩音媽咪卻一語不發。她怎麼了？

難道是噗魯噗魯雖然一副噗魯噗魯的特徵，卻一點都不噗魯噗魯的形象打擊了她的心靈，留下嚴重的創傷？

也對，詩音媽咪是個喜歡可愛物品的女孩子，想必受到了以為購入火〇忍者的遊戲，結果發現是對〇忍時那樣的傷害吧⋯⋯

好，既然如此，就讓多次令詩音媽咪感到勞累的專業搗蛋鬼小咻瓦來治癒她的心靈吧！我要拿自己來當負面教材啦！

首先想想我在這種時候通常會對詩音媽咪說些什麼。嗯⋯⋯

『詩音媽咪，打起精神吧！喏，要是把噗魯噗魯滴出來的那玩意兒打進身體，敏感度肯定會提升到三千倍喔！那已經不是渾身抽搐的等級，而是會像上岸的魚兒那樣抽抽抽抽抽抽個不停喔！對啦，您就和我一起在敏感度三千倍的狀態下短跑一百公尺吧！這是雙方都趴伏在地，邊抽搐邊比誰跑得快的對決喔！』

很好，就把這些話全部反過來說。如此一來，肯定會化為能讓詩音媽咪的心靈完全恢復的天籟之音！

『詩音媽咪，打起精神吧！喏，要是把噗魯噗魯滴出來的那玩意兒打進身體，敏感度肯定會歸零喔。想必會變成什麼都感覺不到的身體呢。對啦，您就和我失去敏感度，一起發呆吧！來比一場誰的人生更為虛無的比賽！』

總覺得變成雙眼失去光芒的有病屬性女主角了！

這可不行，得想個更好的手段……

就在我絞盡腦汁搜尋著靈感之際，突然聽見詩音媽咪的輕聲細語：

「好可愛……」

「「「嗄？」」」

神奇的是，這句話居然讓人感受到強烈的熱度——

「那個——……詩音媽咪？您剛才說了什麼？」

當我戰戰兢兢地詢問，詩音媽咪登時一改沉默的態度，露出興奮的模樣喋喋不休：

「小噗魯噗魯好可愛喔！不僅胖嘟嘟，還一副笨拙的模樣，又有著愛哭的一面……簡直像是小嬰兒……」

抛出讓人懷疑起耳朵的話語後，詩音媽咪以帶有熱意的恍惚眼神，再次上上下下地打量起噗魯噗魯。

嗄？

「我說小還啊，在妳眼裡，那隻像是會在3D色情動畫裡出現的未知怪物，看起來真的像個嬰兒嗎？」

「還雖然不太瞭解色情動畫，但沒辦法接受那個被稱之為嬰兒呢。所謂小嬰兒，指的是還這種需要照料但很可愛的孩子喔。」

「一般人也不會把妳看成小嬰兒啦。妳就是個需要照料的大人而已。」

「媽咪您在說什麼呢？能夠獨立——也就是不需照料者，才能稱作大人。就這點來說，沒辦法獨自活下去的還正是離大人極為遙遠的存在吧？」

「妳自己這樣說都不會感到哀傷嗎？」

「不會。因為還是個小嬰兒呀。」

好擔心詩音媽咪的精神狀況。

……居然能明白魔狩萌系角色的魅力，有朝一日真想和她共飲白化萃取液（註：奇怪龍夫魯夫魯的掉落物）**呀。**

：我追得上……詩音媽咪所在世界的那份極速嗎？

：要是男人追上去就會變成犯罪了，快點回頭啊。

：說不定是偽娘媽咪啊？

：到底是男人、女人或媽咪？給我說清楚。

：笑死。

：哎呀～不過噗魯噗魯戰鬥的BGM果然有夠神呢。

：什麼BGM啊？這不是連一點音樂都聽不見的無聲狀態嗎……

：噗魯噗魯很可愛。我接受異議，但聽不進去。

：講得真妙。

：BGM終究是為了襯托場景而生的。這種主動放棄一切，讓主角發光發熱的逆向思維，說是音樂界的畢卡索也不為過。

：藝術界會被氣死的。

：副歌真好聽。

：哪一段是副歌啦？

「實在不能置之不理呢。小還，讓我們攜手合作，將詩音媽咪拉回這裡的世界吧！」

「明白了。就讓我們把她從醜陋界拉回小嬰兒界，成為還的媽咪吧。」

「我要趁這個機會把她拖進強〇界增加同伴，為銷售額作出貢獻！」

「不管哪個世界都是地獄吧？」

：這些傢伙沒救了，得快點想個辦法才行。

：真白冷靜的吐槽超級喜歡。

：眼下雖然會攜手合作，但在共同敵人消失的瞬間，應該就會因為方向性不同而對立吧。

：是在打冷戰喔。

：交情冷淡的戰爭，簡稱冷戰。

就先由我出擊吧！

「詩音媽咪，您仔細瞧瞧，那種怪物絕對和可愛兩字沾不上邊的。喏，光是接近，感覺就會被牠一口吞掉呢。」

「身為母親，成為孩子的糧食便是我的使命。無論是什麼樣的孩子，我都不會棄之不顧！」

「能把熱愛性騷擾的女酒鬼當作女兒的人，講這種話確實是說服力十足。啊，不對不對。喏，小還也因為您移情別戀而感到相當難過喲？」

「咦？真的嗎？」

「真的喔。對吧，小還？」

「喔嘎啊啊！嗚嘎啊啊啊啊！」

「這女人還真是和噗魯噗魯沒兩樣呀。」

「喂，媽咪，別陣前倒戈啦。」

「抱歉抱歉。詩音媽咪您看，小還都哭嘍？」

「也是呢……無論如何都不該放棄育兒啊……好，我明白了！」

喔！作戰成功了嗎？

「那今後我就把小還當成小噗魯噗魯的妹妹吧！我會一視同仁地疼愛妳們這對姊妹的！」

「真棒呢，小還，妳不僅守住小嬰兒的地位，還獲得『沒有血緣關係的妹妹』這種最強等級的角色形象喲！」

「媽咪，您到底是站在哪邊的？要和那種玩意兒當姊妹，就和去工作一樣討人厭呀！」

「妳對工作的厭惡感也太強了吧。」

「因為我覺得去工作就輸了。」

『咕嘎啊啊啊啊！！』

「啊哈啊啊啊這叫聲傳遞到我的子宮嘍喔喔喔喔！！」

完、完蛋了！詩音媽咪恐怕已經走到無法回頭的遠方啦！

嗚，既然如此，就別怪我動粗了！

「小還！我們也去幫真白白。要盡快把噗魯噗魯幹掉喔！一起阻止詩音媽咪吧！」

「就讓您見識還的射擊技術吧。」

「喂喂喂！不要攻擊可愛的小噗魯噗魯啦！」

「嗄？詩音媽咪，請別妨礙我們攻擊啦！」

「居然用身體擋住了還射出的箭矢？」

「總覺得目標魔物像是多一隻似的，是咱太累了嗎……」

在那之後，由於有外在干擾，讓這次討伐陷入一番苦戰。但我們終究順利擺平了任務，使詩音媽咪恢復過來（至於恢復後還算不算正常就不得而知了）。

真是的，多一個單打獨鬥的玩家竟然會讓狩獵變得如此勞心費力，恐怕連遊戲公司都會為之愕然吧。

不過就我看來，這種胡鬧感也是從大家同樂的過程中產生的。遊戲內容確實有趣得無從挑剔，我今後還打算繼續玩下去。

以結論而言，就算到了魔狩的世界，Live-ON似乎依舊是Live-ON呢……

小咻瓦的蜂蜜蛋糕回覆

好啦好啦，今天又來到了小咻瓦開台的時間啦！

在連日的合作後暫且休兵，今晚是我單人主持的閒聊台，內容以回覆蜂蜜蛋糕為主。單人開台也有著悠遊自在的樂趣呢。雖然沒有平時的嘈雜感，卻能藉此放鬆心情。況且與合作時相比，單人開台之際更能和觀眾們拉近距離，這也是讓我很喜歡的部分——就像是和觀眾們合作似的。

……啊——不過說到單人開台便讓我想到，聖大人自從收益被沒收迄今已過了一週，雖然重回開台的行列，卻一直都是單人開台，令我十分在意。有機會的話試著邀她合作開台好了？

「噗咻！大家久等了！小咻瓦來了的啦！」

：的啦——（真白白的口吻）

：來了來了！

：最近我不聽小咻瓦的聲音就睡不著，幫大忙了。

：是酒精中毒了嗎？

：別把小咻瓦真愛粉說成酒精中毒啦……

「ZE～RO～（美聲）。好的如此這般，接下來便是news ST**NG ZERO的時間了。就依照慣例，從回覆蜂蜜蛋糕的環節開始吧。首先是這一則！」

：ZE～RO～（酒聲）

：感覺很強勁的新聞台要開始了呢。

：肯定是剛剛才想到的吧……

：結果連一則新聞都沒報笑死。

：嘔～吐～（直播事故）

@去喝一罐吧！by強◯@

「快點新增隨行強◯（註：典出遊戲「魔物獵人」的隨行夥伴系統。有隨行艾路、隨行加爾克等）功能啦。」

@我一時不察，把強◯放進冷凍庫了……

雖然想盡快把它救出來，卻害怕得不敢打開冰箱門。

請給予我開門拯救強◯的勇氣吧！

另外，請當作我已經冰了三天吧。@

「破壞鋁罐取出內容物，找個工具來刨，如此一來，帶了點苦味的成人檸檬刨冰就完成啦！可以自行添加喜歡的糖漿口味！by米其林零星主廚咻瓦。」

@您要不要試著購入伏特加、檸檬、人工甜味劑和氣泡水自行製作強◯呢？當然是報公帳製作啦。如此一來隨時都有鮮榨版——也就是蘿莉版強◯可供享受！況且這還是一出生就已經成年的合法蘿莉喔！要舔要喝都不犯法的！

……嗚……呼……

我覺得大姊姊配小蘿莉還是挺不錯的。@

「唔嗯……我認為強〇除了原材料，另外摻有某些特別的成分呢。喏，若是女朋友為自己做飯，在味道之外還會有某種能滿足心靈的元素存在不是嗎？所以說，我想喝的就是心愛的小YONTORY為我調製的強〇喔。附帶一提，我認為大姊姊配小蘿莉是世界無形文化遺產，能為小蘿莉感到怦然心動的大姊姊爆好擼的喲。」

@我在睡覺養病之際突然想到，小咪瓦想讓哪位直播主照顧生病的妳？又希望對方用什麼樣的方式照顧？@

「我拖著疲憊的身軀醒來時，看到小恰咪在身旁握著我的手，一臉擔心地凝視著我。當我說：『妳這樣會感冒喔？』小光便如此回答：『就由最強的我將感冒病毒打得落花流水吧！』然後不由分說地親上我的嘴。我雖然大吃一驚，卻仍閉上雙眼。過了幾秒鐘，被放開的我睜開眼睛，只見眼前是面紅耳赤，露出調皮笑容的真白白。而我則感受到滿滿的幸福。」

：隨行強〇是要怎麼戰鬥啦……

：米其林被徹底看扁了笑死。

：沒想到這世上會有人把女友下廚和量產的罐裝飲料混為一談。

：最後一則蜂蜜蛋糕的回覆，可不可以把登場人物統一一下啦。

：三人同飾一角太混沌了笑死。　￥2525

：明明說想被三位同期看病就好了，為什麼要塞在同一個人身上啊……

「另外，發這則的仁兄似乎正在養病，不要緊嗎？為了讓你打起精神，我會努力直播的，要來看台啊！不過這些蜂蜜蛋糕絕大多數都和強○有關，這不是我的錯，可別怪我喲！這已經不是蜂蜜蛋糕，而是強○才藝表演比賽會場了。對我丟的不是蜂蜜蛋糕而是強○也太奇怪了吧？」

@您實際上和真白白上到哪一壘了呢？@

「呼哈哈哈！我倆的心早已完全聯繫在一起啦！證據就是最近通話的時候，即使我隻字未提，真白白也能察覺到我現在是心情大好或是疲憊不堪呢！她肯定是太喜歡我，所以連讀心術都學會了！真是的～內心被偷聽實在太害羞了～！」

：貼貼！

：原來妳還有害羞的感情啊？

：反正小咻瓦平時的行事風格荒誕不經，就算被竊聽也沒問題吧。

：不是用聲音，而是用人生唱出赤裸裸真心的女人。

：原來如此。只要事先說出真心話，就構不成竊聽了呢。這種傷己及人的反竊聽對策真是嶄新。

：這無論是自己或他人都會受到致命傷的啦——

〈彩真白〉：咱並不會讀心術。

：被斬釘截鐵地否定笑死。

「又在那邊羞答答的，真拿真白白沒辦法呢。喏，我會告訴妳一件好事，所以來試試讀我的心吧？快點，來讀讀看妳最愛的小咻瓦的心聲嘛！因為我正想著能讓真白白變得加倍心動動的動聽話語，快來讀心嘛！」

……

……

……

：不管等多久真白白都不來笑死。

：回去了吧（笑）。

「騙人的吧？真白白——？喂——？快來竊聽我啦！我這無人收受的思念該如何是好啦？」

：要人竊聽笑死。

：跪求竊聽的有病邪術女。

：是在演世界奇妙物語嗎？

：就這樣讓這份思念無處可去比較幸福喔。

：反正一定不是什麼正經話www

：我想和小咻瓦心心相印，收聽她的心跳聲ASMR。

：是個好點子呢。

：明明是心跳聲，聽起來感覺卻像是碳酸的聲音。

：我也想聽小強〇的心跳聲ASMR！

：我更想聽小強〇和小咻瓦的心跳聲三明治！

：心跳聲三明治總覺得像是萌系成人遊戲的名稱耶。

：別說什麼心跳聲了，小強〇連心臟都沒有吧。

：是破面（註：典出漫畫《死神》，泛指獲得了死神之力的虛〔惡靈〕）嗎？

：是十三機關（註：遊戲「王國之心」裡的反派組織）吧。

：兩者皆非啦。

：儘管小強〇面無表情，乍看冷淡，但只要打開她的心房，就會轉為溫暖人心的酷嬌角色喔。

：把強〇視為角色也太詭異了吧……

：畢竟強〇是Live-ON的名譽三期生啊。

「算了算了！小咻瓦我氣炸了。我決定在眾目睽睽下，將原本要講給真白白的情話公諸於世！大家聽好了——『園長的咪咪是Live-ON的組長，真白白的咪咪則是Live-ON的砧板。』

：講起壞話了笑死。

：我就說無處可去比較幸福嘛……

〈彩真白〉：咱生氣了。咱今後畫小淡都會把胸部畫得超噁。

：母女戰爭爆發。

：一被說貧乳就鬧彆扭的真白白超級喜歡。

：真白白要是有奶就不是真白白了。

「喔，發現真白白——！妳果然在呢！真是個傲嬌小姐。放心，剛剛的都是謊話，實際上要對妳說的是可以用愛意淹死妳的甜言蜜語喔！」

〈彩真白〉：咱要睡了。

：引人遐想。

：真白白這反應肯定是害羞了吧！

：我是考察班，不接受害羞以外的推測。

：乖乖考察去啦。

〈相馬有素〉：我也能讀淡雪閣下的內心是也！她說「小有素和強〇同等可愛！」

：小有素，妳是在讀自己的心吧？

：最高級的讚美之詞草。

：這已經不是草而是瘋狂植物（註：典出遊戲「精靈寶可夢」的草屬性招式）了。

〈朝霧晴〉：我讀了心，結果好燙好燙喔（羞）。

：晴晴？

：妳會讀心嗎？

：雖然覺得她是隨口胡謅的，但對天才晴晴來說就算會讀心也沒什麼不可思議的吧。

：內容！請告訴我內容！我什麼都願意做！

「晴前輩，要保護後輩的個人隱私喔——」

〈朝霧晴〉：好喔——

：小咻瓦還是先保護自己的個人隱私吧。

：既然下了封口令，代表那果然是甜蜜蜜的深情告白？

「啊，晴前輩，話說回來我好像還沒對您說過，所以我要說了——要不要來ＳＥＸ？」

：腦袋壞掉了笑死。

：她的性邀約自然得有如呼吸，應該只有我看到，別人都沒發現。

〈朝霧晴〉：沒想到妳會用這種「要不要一起去超商」的口吻邀約耶。我會請聖聖代勞，就麻煩妳啦。

：用如此自然的口吻邀約，任哪個女孩子都會為之心動呢。

：心動（該叫警察了）！

：太有智慧了，簡直是可以列入健康教育課本的程度。全世界的男生們都該來學習學習。

：少子化一詞從明天開始就會消失了呢。

：貞操喪失世界。

：像是以全彩CG為主的色情漫畫會有的設定。

：警察叔叔快來——

：目標達成。

由於心愛的真白和晴前輩蒞臨，話題有點跑偏了呢。該繼續回覆蜂蜜蛋糕啦！

「呃——下一則蜂蜜蛋糕是這個！」

@您初戀的動畫角色是誰呢？

順帶一提，我的初戀角色是庫洛魔〇使的知世妹妹。@

「啊——這個啊——一旦提到喜歡的動畫角色，我的腦海確實會浮現出好幾個人選。但初戀是誰呢……大家會想到誰？」

：初戀的話是綾〇零，我以此為契機走上了阿宅之路。

：Code Ge〇ss的尤菲，她大概是我的初戀情人吧（註：典出動畫「Code Geass 反叛的魯路修」主角魯路修的台詞）。

：你只是想講這句台詞吧ｗ

：櫻桃小○子。她的瀏海像是鱷魚牙齒一樣可愛，好想被她吃掉。

：嗄？

：您的癖性太偏門嘍？

「喔——提到動畫話題果然會很熱絡呢！我——……大概是柯○的灰原妹妹吧。」

：啊——好像能懂。

：精妙地踩在能懂的那條線上。

：真的嗎？

：讓青少年領悟性衝動的執行隊首席。

：是健康教育的老師嘛。

：還真是有各式各樣的人在呢——

：當時以純潔的心情欣賞的我真想被誇個幾句。

：明明說的是女性角色，卻理所當然地沒人感到困惑笑死。

：您難道喜愛蘿莉嗎？

「別、別說我喜愛蘿莉啦！只是在講孩提時代的初戀情人而已啊！哎呀，雖說有些設定略顯刻意但平時表現出凜然嗓音和舉止的她偶爾又會顯露女孩子的嬌媚氣息這可不是一個小女孩該散發出來的誘人魅力呀。不過這些要素都濃縮在與當年的自己年齡相仿的孩子身上，結果形成了神祕的親暱感……這算是被刺中癖性嗎？」

：別變成快嘴阿宅啦ww

：哎呀～聽了真難受。

：老實說我懂。但聽到別人說得如此直白，聽起來依舊很難受。

：被翻臉不認人笑死。

：我目擊了一場黑衣男子進行的可疑交易！當時我只顧偷看他們交易……卻沒有察覺另一名同夥從背後接近……我被那名男子灌下春藥，醒轉之後……我的胯下就膨脹了起來！

：別搞BL同人誌的前情提要啦。

「我明明是認真在回覆蜂蜜蛋糕的說……算了，換下一則吧……」

@【嘔吐吐進行曲（註：惡搞動畫「KERORO軍曹」的片頭曲）】

嘔吐！嘔吐！嘔吐！

現在就吐出來～去侵略觀眾吧！

嘔～嘔吐～嘔吐～！

總是帶著酒開台，一下播就喝。

觀眾↓「注意～！快醒過來啊啊啊！」

淡雪忘記關台。

一早醒來，電話打過來。

邊吐邊關台。

觀眾的反應如何呢？

哎喲我的媽呀上了流行趨勢第一名！@

「喜歡喜歡超級喜歡。然而光是這一則蜂蜜蛋糕就已經無懈可擊，要我做什麼反應才好啊？

乾脆唱起來算了！」

：明明只有文字，用字之精妙卻能讓人聽見那首歌的節奏。

：真的唱起來了笑死。

：假說——小咻瓦其實是外星人。

：咦，原來她是地球人嗎？

：我記得本傳真的有Geroro（嘔吐吐）這個角色來著？

：好像曾在動畫裡以艦長身分登場過？

：哦——記得動畫有不少致敬，有趣的笑點也不少。有空來重看吧。

「……話說回來，小有素的語尾和軍曹很像吧？她應該才是真正的外星人？」

：啊（察覺）。

：你知道得太多了。

〈相馬有素〉：我是戴比〇克星（註：典出漫畫《出包王女》女主角菈菈的故鄉戴比路克星）出生的！是為了和淡雪閣下結婚而來的！

：那顆星球早就被薩〇斯滅了（註：典出漫畫《死侍：SAMURAI》的橋段。該部作品的薩諾斯毀滅了戴比路克星）吧。

：妳是不該存在於這個世上的生物！

「等妳長出尾巴再這麼自稱吧。」

@您要出原創歌曲的話，是會走以唱功扣人心弦（小淡用）的路線呢？還是徹底搞笑的電波曲（小咻瓦用）路線呢？@

「說老實話，我兩種都想試試呢……原創歌曲啊。一想到是為自己寫的歌，便讓人心生憧憬呢。大家想聽哪種路線的歌？」

：錄製電波歌之際，不妨以敲打強〇的聲音取代鼓聲吧。

：小鼓用噗咻聲！腳踏鈸用敲打空罐的聲響，筒鼓是裝滿內容物的罐子，大鼓則用小咻瓦的嘔吐聲。行得通。

：這樣就不是小咻瓦的原創歌曲，而是強〇的宣傳歌曲了吧……？

：連小咻瓦發出的聲響都被當成強〇的聲響笑死。

：我喜歡扣人心弦的路線。小淡很會唱歌，無論哪種類型應該都能駕馭吧。

：畢竟是用肝臟發聲的嘛。

：這就是阿山（註：配音員山寺宏一的暱稱）**提過的臟聲嗎。**

「喔——大家提出了各式各樣的點子呢！……對啦，讓小淡和咻瓦唱合作曲如何！一首歌曲有兩種享受喔！」

：天才出現了。

：超想聽！

：小咻瓦擔任逗哏，小淡擔任捧哏的感覺嗎？

：夢幻合作。

：一定會很有趣呢！

聊天室的留言速度登時加快了許多。果然歌曲相關話題很容易博得迴響呢。

儘管覺得自己已經做了不少嘗試，但像這樣一聊，我才發現在這世上尚未經歷過的事物仍占多數。

嗯，下次和公司的人聊聊，拓展直播領域吧！

@您迄今最感吃驚的事情為何？@

下一則蜂蜜蛋糕……ＯＫ，這也得踏上探索腦內記憶的旅途才行呢。

嗯——……我想想啊……

「首先想到的是忘記關台的事，但這已是眾所皆知之事，所以就不列入……啊，應該是S○GA男子（註：指Mega Drive遊戲主機啟動時以人聲喊出的「SEGA」效果音）吧。那真的讓我大吃一驚。」

：畢竟那檔事讓妳嚇到都吐出來了嘛。

：光是聽字面敘述，感覺就很有意思www

：S○GA男子？

：出現了神祕人物呢。

：是那個遊戲界的龍頭S○GA公司？

「對對。光是這樣講，大家依舊不明所以吧。我就照順序開始說明的啦！」

：好喔——

：拜託了！

：既然是小咻瓦說的，肯定不會是什麼正經體驗吧（笑）。

：畢竟單人開台時完全是用一張嘴撐起場面的搞笑藝人啊www

：好興奮！　￥211

「那就請聽我娓娓道來——」

沒錯，那是在我進入黑心公司之前——還對人生抱持希望，毫無根據地描繪未來藍圖的耀眼高中時代。

當時的我趁著假日想去鬧區晃晃，於是和兩個要好的朋友從住宅區搭乘公車出發。

這是一幅與平時無異的日常光景，搭車的乘客看起來也都不是什麼怪人。

唯有坐在我斜後方的西裝男子是個例外。由於身旁沒坐人，他看似舒適地躺靠在靠窗的座位上，仰著頭昏沉地睡著……而他開口說出的那句話，在一瞬間將公車內的空間拉進了非日常的世界。

「S〇～GA～（美聲）」

「「「！？」」」

想必大家都曾由S〇GA的廣告或是在遊戲啟動之際聽過那句以美麗嗓音喊出的「S〇～GA～」，而自沉睡男子口中流瀉而出的，正是宛如重播CD音源般的完美音色。

眾人理所當然反射性地轉頭看去，卻在看到男子沉睡的模樣後，又紛紛望回前方。

然而，公車之中並未回歸安寧，反而醞釀起詭異的緊張感。

為何會是S〇GA？

明明在睡覺，他是如何發出那樣美麗的嗓音？

是S◯GA的宣傳人員？不對，我看他就是S◯GA三四郎（註：過去SEGA公司創造的虛擬宣傳角色，由知名動作演員藤岡弘所飾演）吧。

況且Mega Dr◯ve長得很像掃地機器人嘛。

是說，他到底是夢到了什麼，才會說出這種夢話？

每個人的思路都被S◯GA占據，開始考察起浮上心頭的種種疑問。

而遍尋不著答案的疑問最終演變為面對未知時產生的恐懼，讓所有人都繃著臉打直僵硬的背脊，臉上淌出了冷汗。

儘管司機先生也大吃一驚，卻似乎仍能駕駛公車，於是公車很快來到了下一站。

順帶一提，在這段期間，公車上沒有任何人交談。就連比鄰而坐的我們都莫名地說不出話來，只顧著面面相覷。

抵達下一站之後，這份緊張感才稍微獲得緩解。而睡著的S◯GA男子也在聽到公車的停車聲後醒了過來。

或許是讓人聯想到從被幽靈附身的狀態恢復過來的模樣吧，男子的清醒代表S◯GA男就此離去——車上的每個人想必都是這樣的想法，甚至能聽見眾人此起彼落地發出安心的嘆息。

……就在此時，由於停在公車站，幾名不知原委的乘客搭上了公車。而其中一名新乘客朝著剛才還在睡覺，如今則依然昏沉的男子身旁的座位走近。

然後——

「不好意思，我可以坐在隔壁的位子嗎？」

「S〇～GA～（美聲）」

「咦？」

「「「咦！？」」」

世界再次被黑暗包圍。

乘客們再度看向男子，張大嘴，愕然不已。

詢問是否能坐下的乘客則絲毫不明所以，露出茫然的反應。

「……咦？」

到頭來，就連原本在睡覺的男子都像是不明白自己為何會說出那樣的話語似的，露出驚訝的神情。

……最後，直到我和朋友們抵達目的地的這段期間，詭譎的氣氛就這麼盤據空間不散——

「——就是這麼一段往事。大家有什麼感想？」

：我試著想像那幅光景，但還是太超現實了笑死。

：直到最後的最後依舊莫名其妙。

：這是和世界奇妙物語與精彩小故事（註：典出日本藝人松本人志主持的節目「人志松本的精彩小故事（人志松本のすべらない話）」）合作嗎？

：問我有什麼感想，當然只能給出一個「咦？」而已啊。

：那名男子是何方神聖www

講完故事之後，聊天室一如我的預期，形成了困惑與笑聲交雜的混沌狀態。

「那位男士到底是什麼人呢……順帶一提，我支持的論點是S〇GA派來的祕密宣傳人員。」

：別講得像是祕密諜報員一樣啦。

：原來祕密行銷就是這樣搞的？

：也對。如果在場人士都開始思考起有關S〇GA的事，就是一次成功的宣傳了。

：只是普通的S〇GA阿宅吧？（精明的推理）

：我要是在現場，一定會忍不住爆笑出來（笑）。

「不不，說老實話，我當時真的被嚇得半死喔？雖然很少親眼目睹這種完全超出理解範圍的情景，不過面對這種無以名狀的恐懼，我是真的被嚇得渾身發毛呀……」

這便是我人生迄今被嚇得最嚴重的一段回憶。

然而當時的我還不明白……就因為說了這樣的故事，害我日後得面臨更為驚詫的光景……

收復聖大人的收益計畫

那天是我和鈴木小姐面對面開會的日子。

會議本身進行得十分順利，在那之後我們也一起吃了午餐。不過就在打算回家的時候，我才發現有東西忘在公司沒拿。

我先回公司一趟，順利取回忘記拿的東西。而要打道回府之際，我在公司的走廊上看到了一位熟人正坐在長椅上頭。

「咦？詩音前輩？」

「嗯？啊，小淡雪！午安——很久沒像這樣線下見面了呢！妳是來開會的嗎？」

「午安。是的。正確來說，我是來拿開會時忘了帶走的東西……」

「哎呀哎呀，這可不行喲～小淡雪！從妳並非很慌張的反應來看，今天忘記帶走的或許不是什麼大不了的東西。但有時候可是會因為遺落一件物品而帶來重大影響呢！」

「您說得是……我會銘記在心肝上的。」

「如此這般！為避免小淡雪今後再有遺失物品的狀況，就由我寸步不離地陪同，徹底管理妳的一舉一動吧！快把行程表給我！」

「我不要。」

「能回絕得如此俐落，已經可以說是一門絕活，就連詩音媽咪都嚇呆了呢……妳剛剛不是說會記在心肝上的嗎！」

「詩音媽咪，您知道我的心肝——也就是肝臟塞滿了什麼東西嗎？」

「……強〇？」

「是小咻瓦。」

「小咻瓦居然是塞滿肝臟的成分嗎？」

見詩音前輩驚訝得向前探出身子，我不禁內心一喜，以一副得意洋洋的口吻說了起來：

「她現在被封印在我的肝臟當中，您可以將其視為火〇忍者的尾獸一類的存在。我只要攝取強〇使其流入肝臟，就會讓小咻瓦取回力量，封印也會因而解開。」

「我不覺得尾獸會被封印在肝臟裡面耶……」

「總之就是這樣。既然是充滿了咻瓦成分的部位，不管銘記些什麼都會是一場空喔。」

「妳又在說些似是而非的歪理了。」

「您不覺得具備雙面人屬性的角色相當帥氣嗎？這種角色大致上都很受歡迎喔。」

「那是因為有著討喜的反差，才能搏得讀者的喜愛喔。」

「我就不一樣嗎？」

「小咻瓦的反差是朝著扣分的方向邁進的喔！這就像是貝〇塔明明和悟〇合體，結果卻變成了〇帕一樣喔！」

「那可真是難受，這已經不是能用合體意外來形容的變故了……順帶一提，您覺得拿〇和〇帕合體的話，會變成什麼呢？」

「應該是拿拿帕帕吧？」

「拿〇的爸爸（帕帕）這不就登場了嗎？」

「那媽咪便是我了！」

「觀眾們聽了這句話可不會默不做聲呢，〇帕這下肯定會被鬧得沸沸揚揚。是說方才提到的反差，在Live-ON裡也不只有我獨具吧？大家不都和自己的初期設定背道而馳了嗎？」

「是呀。真是群傷腦筋的孩子呢。」

「您也不例外喔。哎，玩笑話就說到這裡吧。我今後會小心別忘記隨身物品的。」

我雖然很自然地打了招呼並閒聊一陣子，但詩音前輩是為什麼來到公司的呢？

「詩音前輩也是來開會的嗎？」

「嗯。不過我其實也和小淡雪一樣，會議早就結束了。只是和我一起來的聖大人還沒開完會，所以我在這裡等她。」

「啊，說起來之前碰面時，兩位也是一起現身的呢……在詩音前輩看來，聖大人的狀況還好嗎？」

「妳是指收益化被沒收後造成的影響？」

「是的。」

就我所知，與聖大人走得最近的正是詩音前輩了。她說不定能看到我沒察覺的部分——既然都在這裡巧遇，我便試著探聽了一下。

詩音前輩交抱雙臂，做出了沉思的動作，隨後露出為難的表情如此回答：

「我也覺得她有點不對勁呢！不過聖大人一提到與自己有關的事情，就會變得很消極……也可以說是不喜歡展露自己的弱項吧，所以什麼都沒和我說喔。」

「她對詩音前輩也是這樣嗎？」

「對呀！今天碰面的時候，她還一臉無所謂地說『我完全沒有放在心上』，完全就是在逞強呢。真是的。」

「這樣呀……」

儘管詩音前輩的口吻帶了點火氣，但我明白她其實也是很擔心的。

從她的反應來看……那起事件似乎多少仍對聖大人帶來了影響。

「不過，我也不敢說這樣的推論是正確的呢。」

「咦，是這樣嗎？」

「嗯。畢竟聖大人常常拿失去收益一事開玩笑，我之前也曾在沒直播時問過她：『要是真的失去收益的話該怎麼辦？』結果她這樣回答：『屆時再說吧。聖大人的風格可是無時無刻都在享受當下喔。』她當時回答得相當堅定，一點也不像是在說謊呢。」

唔嗯……既然如此，難道我真的是想太多了？總覺得狀況愈來愈撲朔迷離嘍……

「她煩惱的事情也可能與收益化無關，而是其他的……」

「嗯？您說了什麼嗎──」

聽到詩音前輩低聲呢喃，我正打算請她重講一次──此時鄰近房間的門卻打開了，聖大人隨即現身。

看來他們的會議剛結束。

「不好意思，詩音，讓妳久等了……嗯，哦？嗨，淡雪，妳也來啦？」

「是的。我湊巧遇到前輩，於是稍稍聊了幾句。」

「這樣呀，沒讓在門外守候的詩音枯等真是太好了，謝謝妳呀。妳們都聊了些什麼？」

「和賽○人拿帕有關的話題。」

「是和波○（註：典出《海螺小姐》的角色波平）戰鬥模式有關的話題啊。」

「不不，這完全是不相干的角色呀！」

「奇怪？拿〇不就是波〇頭頂上的那根毛被拔掉之後，因為過於憤怒而變成的模樣嗎？」

「這兩人只有頭頂有像而已吧，在體格和長相方面完全是不同生物的級別。另外，波〇的後腦杓還留著頭髮呢。」

「不過那根頭髮應該拔得掉吧？」

「您到底從那根毛感受到多少可能性呀？」

「波〇：『這土可以種出不錯的栽〇人（註：典出漫畫《七龍珠》的敵方角色栽培人）呢。』」

「不不，他才不會這樣說哩。我才不想看到以種盆栽的態度培育栽〇人的波〇。」

嗯——即使像這樣面對面聊天，依舊感覺不出她的狀況有特別不對勁的地方呢。那種講話不帶哏好像就會死的說話方式也與平時如出一轍。

不過，有那麼一瞬間——走出會議室的那一剎那，我隱約覺得她的模樣略顯反常。但畢竟不是經常見面的人，是以我也沒有十足的把握……

「開會的時間比平常長很多呢。你們討論了什麼事？」

詩音前輩面露詫異地搭了話。

「當然是和收益化被沒收的事有關嘍。我可是被擼了個過癮呢。」

「是被唸了個徹底吧？那是哪門子的特殊玩法啦。是說，妳惹經紀人生氣了嗎？」

「也沒有生氣啦。反倒是公司那邊願意幫我找出收益化被沒收的理由，還要替我制定各式各樣的對策呢。」

「真的？那不是好消息嗎！」

「我確實很高興啦，有種被公司重視的感覺呢。」

聖大人露出苦笑說道。

「不過要是再不恢復收益，聖大人應該也會很不好受吧？」

「話是這樣說沒錯。但聖大人就是在規範上左右橫跳的存在呀？事到如今，即使收益遭到沒收，也可以當成對方為我提供了可以輕鬆談論的笑料呢。」

「結果連您都主動提起這件事啦……之前我也曾聽到傳聞，聖大人似乎希望我們這些直播主拿您的事作為逗笑觀眾的話題，是這樣嗎？」

「對對，畢竟我認為收益化總有一天會恢復。然而考慮到大家的行事風格，要讓妳們拿這種事開玩笑似乎不太容易呢……」

「咦？會嗎？我只要收到了本人的許可，就會將平日的不滿發洩在上頭，拿您的事蹟講個天花亂墜喔！」

「似乎真的是這樣耶。詩音我無論是作為媽咪抑或朋友，都有很多想對聖大人說的話，這真是個好機會！」

「妳們——是發自內心這麼說的嗎？」

「？有什麼問題嗎？」

「說起來，聖大人為什麼一副和我們有隔閡的樣子？詩音我一點也不懂耶？」

「——哈哈哈哈！」

看到我們的反應，聖大人一反常態，像是打從內心感到吃驚似的睜大雙眼，隨後露出困窘的模樣，笑了出來。

「妳們——真的都很溫柔呢，但總有一天會認清現實的。」

「「？」」

語帶玄機地說完後，聖大人也沒做出更進一步的說明，就這麼恢復成往常的模樣，朝著公司的出口走去。

我雖然聽得一頭霧水，卻依舊覺得應該追上去。身旁的詩音前輩卻不知為何地發出：「唔唔唔唔……」的神祕低吟，讓我立即停下了腳步。

「詩音前輩？您怎麼了？」

「我看不順眼。」

「咦？」

「為什麼要擺出那種只有自己目空一切的架子啦？耍帥也該有個限度吧！」

「噢噢噢……」

詩音媽咪居然氣炸了。

她的音量雖然還傳不進逐漸遠去的聖大人的耳裡，但我倒是頭一次看見詩音前輩如此坦率地展露出不滿的模樣。

「她走出會議室之際，那消沉的表情可沒逃過我的法眼喔！」

「啊，詩音前輩也有察覺到嗎？我同樣覺得聖大人的狀況有點反常呢。」

「既然兩個人都這麼想，那就不會有錯了！但看她那種態度，想必不會乖乖招供……說起來，她是在收益被沒收之後才開始變得怪怪的吧？儘管不曉得聖大人有什麼隱情，然而事已至此，就該迅速摧毀癥結，賭上一口氣解決這件事了！」

「詩、詩音前輩？」

總覺得她似乎講了些血氣方剛的話？

「嗯？怎麼啦，妳們兩位還有事得留在公司處理嗎？」

「喂，聖大人！」

「嗯？怎麼啦，為什麼眉頭皺得這麼緊？」

「從現在開始！我要借間公司的會議室，召開收復聖大人收益計畫的會議！」

「「咦？」」

詩音前輩挾著不容分說的氣勢，如此做出了宣言——

「那麼！現在召開收復聖大人收益計畫的會議！」

「好耶！我等很久了！」

「不不，詩音啊，妳剛剛有聽聖大人說話嗎？可以的話，我不打算把這件事鬧得太大喲？」

「少囉嗦！我已經不想理會自戀狂聖大人講的話了！」

「耶～是痣〇狂聖大人～」

「晴啊，妳雖然嘴上講得威風，但那只是在形容高竿的癖性而已喔？」

「聖大人不也是以威風的口吻在說話嗎——而且什麼叫高竿的癖性啊？只是變態而已吧。」

趁著忍不住吐槽之際，我順勢掃視圍桌而坐的成員們，不禁翻起白眼。

發表完那樣的宣言後，詩音前輩便強硬地拉著聖大人走進借來的會議室。而加上被順勢捲入的我在內，一場古怪的會議就此召開。

雖說我在這之後沒什麼安排，所以參加倒也沒關係。不過……

「晴前輩……您為什麼一副理所當然地跑來參加了？」

待我有所察覺時，這位合法蘿莉已經坐在同一張桌旁，甚至打著拍子催促會議儘早開始。

「大概在一秒鐘之前，您還沒坐在這張椅子上吧？」

「我聽說小詩借了房間想做有趣的事，於是飛奔過來啦。」

「您是來看熱鬧的吧？」

「才不是咧。我並非來看熱鬧，而是以同伴身分參加的喲——！身為紅之痣〇狂的聖聖應該也是這麼想的吧——？」

「別說得像是青〇驅魔師一樣！那是為我的中二病全盛時期錦上添花的作品呀！」

「真是罪孽深重的作品呢～」

「我說妳們幾位，能別以一副理所當然的口吻把聖大人說得像是喜歡屁〇的形象嗎？要是這種形象固定下來可就覆水難收嘍？」

「——妳覺得現在還收得回來嗎？」——」

「妳們幾個差不多該住口了吧——！那麼喜歡屁股洞的話，就穿上尿布再來參加啦！」

「——「這發火的方式也太奇怪了吧？」——」

聽到開會至今一直沉默不語的詩音前輩發出足以使形象崩潰的怒吼，我立即撥打電話給小還。

『啊，喂喂——？媽咪，怎麼啦？您難得突然打電話過來呢。』

「喂喂，小還，詩音前輩剛剛吶喊著：『給我穿尿布過來！』妳要來我們這裡嗎？」

『您是邀我參加尿布派對吧？我這就出發。』

「不准來！需要吐槽的對象一旦再增加下去，就沒時間開會了啦！」

「抱歉，能麻煩妳幫我們把尿布帶來就回去嗎？」

『我可以穿著過去嗎？』

「咦？可是需要四件耶？」

『只要套四層上去就行了，沒問題的。』

「感覺妳的下半身會變得像是吉○克（註：指動畫「機動戰士鋼彈」的反派機體「吉翁克」）一樣。」

「根本沒必要帶尿布過來呀！小還，妳就在家裡睡覺啦！」

我才沒開幾句玩笑，便被詩音前輩掛斷電話了。明明是詩音前輩叫我們穿尿布的說……

順帶一提，我趁著這場混亂，偷偷傳了訊息給貓魔前輩，告知她我們正在開會。但她只是裝模作樣地回了句：『時機已至。』咦？那我這下該怎麼辦？她既然沒有阻止的意思，表示我繼續參加這場會議也沒關係嗎？

貓的想法果然不是人類能捉摸的……

「喏，那就正式開始開會嘍！我說什麼都要一鼓作氣地收復聖大人的收益！」

「我說詩音啊，妳沒必要發這麼大的脾氣……」

「哼——！」

「哎呀呀，看來她這次是真的被惹毛了呢……」

「畢竟您對朋友藏著心事不說呀。請老實地陪我們開會吧。」

我說服著一反常態地支吾其詞的聖大人。

老實說，倘若聖大人真的散發出厭惡的氣場，我也打算稍微搞怪一下，並趁機放聖大人出去。但她雖然露出困窘的神情，卻仍乖乖地坐在位子上。看來是我多心了。

至於這是因為想向我們求助，還是基於對朋友的罪惡感而來，抑或是其他原因——就不是我能理解的部分了。

「關於這點，得先說聲抱歉。聖大人到現在依舊有些思緒沒能好好歸納，就算要我開口，我也沒把握自己說出來的就是真心話喔。」

「又～用這種拐彎抹角的態度說話！簡單來說，只要讓對方交還收益化的權利，一切問題便迎刃而解了吧？」

「哎，以某方面而言或許是這樣沒錯……」

「那來動腦吧！聖大人的問題就交給詩音媽咪一鼓作氣解決吧！」

「真是的，這可不是媽咪，而是成了孩子呀。真傷腦筋呢。」

「放心吧阿聖！我們能捉弄時就會卯足全力捉弄妳們的！」

「請包在我身上，我會把您當成沙包痛打一番的。」

「妳們兩個也是半斤八兩啊。」

嗯？晴前輩剛剛是不是把聖大人叫成「阿聖」了？

「咦？晴前輩，您之前不是稱呼聖大人為聖聖嗎？」

「因為突然想喊阿聖，就這麼喊了！但總覺得唸起來有點沒勁，所以之後會改回聖聖的！一想到好暱稱就脫口而出！這便是晴晴風格！」

「啊，原來是老樣子呀。」

晴前輩會用暱稱稱呼其他直播主——這事雖然眾所周知，不過關於暱稱的靈感由來似乎依舊無人知悉。

順帶一提，剛加入時還沒有暱稱的四期生，如今也都被晴前輩取了暱稱。若是做成清單——

二期生

貓魔前輩＝貓魔

聖大人＝聖聖

詩音前輩＝小詩

三期生

我＝淡淡卿ｏｒ咻瓦卿

真白白＝小真
小恰咪＝恰嘛子
小光＝皮卡琳
四期生
小還＝小嘓嘓（還（Kaeru）→青蛙（Kaeru）→小嘓嘓）
小愛萊＝頭目（組長→頭目）
小有素＝有卿（似乎是小有素希望她能取個和我很像的暱稱）

——現在是這麼稱呼的。

「或許哪天連咻瓦卿也會換個稱呼喔？」

「那倒是會讓人稍微有點落寞，畢竟我很想被這麼一直叫下去呢。」

「這是想被崇拜的前輩以獨一無二的名字稱呼的心情呢！我懂了，暫時就維持這個暱稱吧！」

「嗯，其實這一點也不重要就是了。順帶一提，您現在稱呼聖大人為聖聖的原因是什麼呢？」

「因為是聖鬥〇星矢的簡稱呀？」

「真是震撼的事實。這和聖大人一點關係也沒有。」

「欸，妳們兩個，差不多該開始開會嘍！」

結果還是被詩音前輩訓斥了。與主題無關的閒聊就到此為止吧。

「好啦，說什麼都要收復聖大人的收益！然而在一開始，還是得讓大家共享一些不得不釐清的資訊呢。」

「瞭解——作為主辦的小詩想到的是？」

「首先自然是得確認收益遭到沒收的原因嘍？聖大人，妳是因為敏感內容觸犯到規範，沒錯吧？」

「是呀，YoTube是這樣和我說的。但他們一如既往，從不詳細說明實際觸犯的部分呢。」

「欸，如果連這部分都搞錯，我就會用連聖雄甘地的腦袋都會被噴飛出去的氣勢大喊一聲：『搞什麼鬼啊！』」

「真是的，正值青春期的YoTube就是這麼讓人頭痛。」

「對象是聖大人。」

「妳吐槽的對象不是YoTube而是聖大人嗎？淡雪，妳這一定是在公報私仇吧？」

「聖聖，妳撐得住堪比全盛時期濱〇雅功的吐槽功力嗎？」

「晴，別這麼若無其事地說謊啦。若是被全盛時期的濱〇吐槽，那威力之強大足以讓站著不動的人類腦袋噴飛出去。而這顆腦袋還會持續刨挖著地面，最終在繞行地球一圈之後回到原本的位置喔。」

「這種吐槽功力還真是充滿藝術感呢，就物理層面來說。」

「停停停。現在在談論YoTube的話題喲——！」

一如聖大人和詩音前輩所提及的，我們是在世界級的影音平台——「YoTube」上進行直播。

由於是全世界大多數人都在使用的網站，是以和其他競爭平台相比，細心整頓的服務品質堪稱一流。然而也因為使用者過多，衍生的問題同樣層出不窮。

舉例來說，YoTube對於個人使用者的管理並不周到。而這也與此次聖大人的事件有關。

一旦上傳包含成人要素，或是違反倫理的影片，YoTube便會刪除影片，並懲罰上傳影片的使用者。但在這個平台，相關裁定是由AI執行的。

畢竟以YoTube的事業規模來說，人力能處理的範圍終究有其極限，這樣的做法算是無可厚非。不過除了正確的判斷外，有時候也會突然發生做出詭異的判斷——甚或是明顯判斷有誤的狀況。

但既然寄人籬下，對於某些疑難雜症就該採取睜一隻眼閉一隻眼的態度，才算是合乎禮儀。只不過接下來才是最嚴重的問題。

受到AI糾舉後，無論是「要修改哪些部分才能讓影片復原」或「明顯是審核失誤的影片該如何復原」這類疑問，AI都沒辦法為使用者回答，是以受到懲罰的使用者往往求助無門。

就結果來說，使用者必須自行找出需要修改的部分，受罰的時間長短也因人而異。

由於YoTube總公司位於美國，因此也有「能以英語向客服聯絡者更容易獲得解決」的趨勢。

儘管列舉出這些不便，然而無庸置疑地，這個卓越的平台依舊已經成了人們生活的一部分，一旦少了這樣方便的好去處可說令人相當困擾。對此，我們也該向YoTube抱持謝意才行。

不過像我們這種仰仗YoTube的收入餬口的人，為了保住收入來源，上述的小毛病在我們眼裡就成了非同小可的大事。

一如聖大人這次遭遇的事件，倘若不曉得是在哪個部分觸犯規範，可說令人傷透腦筋。

也因為這是Live-ON頭一次遭到沒收收益，公司尚不習慣對應這樣的狀況，才會導致這件事延宕了如此之久。

「先讓我打聽一下。妳們認為聖大人是哪個部分撩到了YoYube的癖性？」

「……存在本身吧？」

「淡雪，妳這話是不是太過分啦？」

「淡淡卿——」

「沒錯，晴，快點說她兩句。」

「——妳說得對。」

「喂喂！」

「老實說，小淡雪的回答說不定就是正確答案呢。真是的，聖大人只是稍微早熟了點，YoTube的腦袋也太食古不化嘍？」

「誠如詩音所言，聖大人不過是早熟而已。只是張開早熟的雙腿等待寵幸而已啦。」

「這給人的印象豈止早熟，已經是熟透到腐爛的氣息了。」

「聖聖，妳要不要改去成人影音平台直播算了？」

「也就是所謂的AVTuber嗎？」

「總覺得這稱呼好像有點不對勁呀……」

在那之後，我們收起玩笑話，花了點時間思考對策，最後卻仍只能訂定出平凡無奇的計畫——也就是回顧過去的影片，找出可能違規的部分，並記取教訓不要再犯。

不過畢竟聖大人出道已久，過往影片的數量極為驚人。但即便是些較為刺激的主題，依舊很難特定出真的有違規的片段。

當然，會議才在起始階段，接下來可以慢慢討論細節……然而我總覺得這是個極沒效率的做法。

前輩們似乎也抱持同樣的想法，現場的氣氛逐漸變得尷尬了起來。

就在此時，我雖然沒想到一勞永逸的解決辦法，卻閃過一個點子。

「這個計畫，不如我們直接在直播上做吧？」

在我發言的同時，前輩們的視線紛紛聚焦在我身上。

「在核心觀眾中，有些人或許比聖大人更瞭解她的直播經歷，對此知之甚詳的觀眾或許可以在聊天室提供寶貴的意見。更重要的是——我認為這能實現聖大人的想法，使這件事既能成為笑料，又得以解決。」

「原來如此。現在擔心聖聖的觀眾想必依舊很多吧，若在直播上大開黃腔，便可以讓他們感到安心，說不定也能朝解決邁進一步。淡淡卿，我覺得這個點子很不錯喲！」

「的確。我同樣覺得再繼續討論下去，也只會陷入無限輪迴的泥沼，變得像是在浪費時間，這種做法或許更能提升幹勁呢……聖大人怎麼看？」

「這種做法自然是求之不得……但讓聖大人開台真的沒問題嗎？」

「……這會帶來什麼問題嗎？」

聽到聖大人沒頭沒腦的提問，我和其他成員都不禁側頭，表露疑惑。

「啊，不過直播當天我可能會請貓魔代我出席喔。」

「噢，這樣啊……」

「我這陣子雖然頻繁地開台直播，最近卻接到得由我親自出馬的超重要工作，所以接下來會忙上一段時間喔。」

「啊……啊，原來如此，是這麼回事啊！晴，我明白嘍！」

……與晴前輩對話的當下，聖大人聽到晴前輩無法參與的那瞬間似乎顯露悲傷的神情。我很少看到她如此露骨地表現自己的情緒呢。

收益被沒收一事或許真的讓聖大人變得有些神經質了。為了不讓這沉重的氣氛延續下去，得儘快解決這件事才行。

「那麼，今天就透過聊天室來確認大家的排程，選出適合直播的日子吧！」

詩音前輩如此總結後，這天的會議就先行解散了。

之後又過了幾天，我們順利邀到貓魔前輩，此時正準備以四人線上合作的形式開台。

「來做個直播前的確認吧——啊——啊——很好，有收到聲音，沒問題。接下來則是調節音量——」

「噗嚕嚕嚕，噗嚕嚕嚕。」

「嗯？剛剛是貓魔前輩的聲音嗎？」

「喵？是這樣沒錯。怎麼了嗎——？」

再過幾分鐘就要開始直播了。正當大家各自確認器材的運作狀況之際，我突然聽到有人發出了彈唇聲，感到在意的我便提出詢問。

「那麼做能帶來怎樣的效果呢？」

「啊——可以緩解嘴巴緊張的狀況，另外似乎還有其他各式各樣的效果……這件事貓魔我從出道做到現在，已經成為既定環節了。」

「原來如此。我也試試類似的方法吧……」

「啊！啊！啊！哈啊哈啊、啊啊啊……啊！啊！啊啊！」

「喂，那邊的無業婊子。」

「怎麼啦，淡雪？」

「剛剛的喘息聲是怎麼回事？」

「是直播前的既定環節呀？我從以前就這麼做了。」

「這是妳在當性感女演員時的既定環節吧？直播前做這些事一點幫助也沒有喲！」

「這就像健美先生膨脹肌肉的動作那樣，能有效提升幹勁喔。妳們要不要也來試試？」

「請別把這裡化作亂交百合ＡＶ般的光景。另外，這會讓耳朵爛掉的，要做的時候請您自行靜音。」

「真拿妳沒辦法。我會忍耐不發出聲音的，但手就網開一面吧。」

「手？所以剛剛那並非在做發聲練習，而是撫弄身體發出的嬌喘聲嗎？您說提升幹勁指的是這檔事嗎？都在直播前幹了什麼呀！」

「既然機會難得，要不要我幫大家擺弄一下，以高潮在即的狀態開始直播？來搞個強忍高潮大賽吧。」

「別把企畫搞得像是ＡＶ一樣！」

「聖大人可是能忍耐三秒喔。」

「這不是開台的瞬間就噴發了嗎？妳這沒骨氣的傢伙！即使是在拍ＡＶ，要是在說明企畫的階段就高潮，也只會讓客人們困惑不已吧！」

「才沒這回事呢，常識在ＡＶ的世界是不管用的。」

「……真的嗎？」

「那要不要重現一次試試？淡雪，妳就擔任負責說明企畫的司儀吧。」

「我明白了，那就開始嘍？好的，大家好！今天也要來說明下流的企──」

「嗯嗯嗯嗯去嘍啊啊啊啊啊！」

「吵死人啦啊啊啊！！」

「咦，這樣不行嗎？」

「您覺得哪裡有可行的要素？」

「可是妳正要說『企畫』吧？倘若興致一來，不是也很容易聽成『去了』嗎？」

「不不，這種說法太硬拗嘍。要是一時興起做出的反應沒帶來效果，可是會讓拍片現場的溫度降到冰點喔。真是的，直播意外不可取啦！」

「「「咦？」」」

「嗯，也是呢。以某方面來說，我自己搞出的直播意外比這個的層級還要嚴重多了。實在非常抱歉。」

……奇怪？為什麼是我在道歉？

「就是說嘛，淡雪，妳給我多反省點。」

「好，我想到一個好點子了。我們這就將直播內容改成『把聖大人的血液放光大作戰』吧。」

「居然講得像是要把池子的水放光一樣，想法也太恐怖了吧……？呵，不過聖大人剛剛說的全都是謊話喲。」

「喵，貓魔因為早就知道，一點都不驚訝喔。」

「我也覺得是這麼回事呢。妳還是老樣子，一開口就亂講話耶。」

「哈哈哈哈！抱歉抱歉，我只是在做完既定環節後突然閃過點子，於是忍不住脫口而出啦。」

嗯？她剛剛是不是說了「做完既定環節後」？

「您應該是要說『既定環節前』吧？」

「我的嬌喘的確是既定環節喲？但再怎麼說也不會真的撫弄身體啦。」

「……這是在說謊吧？對吧？貓魔前輩？」

「貓魔我是同期所以知道喔，聖真的每次都會這樣做呢！」

「可、可是！之前在卡拉ＯＫ合作之際不就沒這樣做嗎！」

「那是因為事前和詩音與淡雪又喝又聊開了嗓，沒那麼做的必要。這只是喚醒喉嚨的體操嘛。」

「不不，請別用體操這種正經的詞彙比喻，我差點就要接受您的說法了。」

老實說，我一點都不想知道前輩有在開播前會發出喘息聲的習慣……

不過，嗯……比起震驚，我其實更感到安心呢。

「聖大人，您的語氣似乎有些開朗呢。」

「嗯？是這樣嗎？」

「是的。與在公司碰面時相比，您的聲音變得嘹亮多了。」

「雖然不曉得差在哪裡……但大概是因為難得一起合作，無意間亢奮起來了吧……也對，我得再收斂一點——」

「又沒什麼關係。您就再亢奮些吧。」

我原本對聖大人在開台前的情緒起伏感到難以捉摸，看到她表現得跟收益被沒收前差不多，總覺得讓人放心了不少。

應該說，她看起來似乎比原本更為開心。是因為這是在收益被沒收後的首次合作嗎？

「喂——小淡雪！要和聖大人演小短劇是沒關係啦，但妳的器材都確認完畢了嗎？馬上就要到開播時間嘍——！」

「啊，對耶！我真是太不小心了！」

被詩音前輩如此提點，我連忙從冰箱拿出那玩意兒。

「噗咻！咕嘟咕嘟咕嘟，咕哈——！果然我的既定環節就是這個呢！」

「……我說貓魔，妳不覺得淡雪的既定環節和聖大人差不多水準嗎？」

「就別談這種弱弱相殘的話題了喵——」

好咧！既然腦子都變得咻瓦咻瓦了，那就讓合作直播——「收復聖大人的收益計畫」開始吧！

開台後，我們一如往常地向觀眾們打了招呼，並由擔綱司儀的詩音前輩說明企畫內容。

：性大人——！

：開台名稱笑死。

：說什麼收復，那明明就是自己白白交出去的，不是嗎……？

：好多人一起合作！看她似乎很有活力，暫且放心了！

：是說小咻瓦居然一副理所當然地混在二期生裡面笑死。

啊，對耶。我到現在才發現，這次成員除了我以外都是二期生！

「哎呀——我也是順勢被捲進來……會留意不妨礙前輩們的。」

「淡雪說起來就是聖大人的砲友，當成同期也沒關係喲。」

「話說回來，聖大人是我們四人之中唯一沒有通過收益化的呢，還請您千萬別做些扯我們後腿的舉動喔？」

「咦？本次開台的主角不就是聖大人嗎？我都特地將妳納為砲友了，怎麼可以做出這種M將S報的舉動呢？」

「妳要說的應該是恩將仇報吧！」

「詩音，妳這句吐槽得很好，果然有兩把刷子！」

：乍聽是個莫名其妙的哏，結果還能即時因應，我從中感受到了友情……真是貼貼。

：聽到M將S報我還以為是在聊數學或物理。

：是磁力嗎？

：告訴你們一個驚天祕密。若是將磁鐵埋入體內，就能讓身體變得又硬又耐打，很強。

：這不是和磁力一點屁關係都沒有嗎？

：物理（物理）。

唔嗯……這次基於當事人要求，我們是在聖大人的頻道開台的。然而因為沒有超留，欠缺繽紛色彩的聊天室果然稍微給人寂寥的印象。連我都感受到聖大人確實失去了收益呢。

無論如何，為了最喜愛的前輩，得以儘早恢復收益為目標才行。而以此為目的開設的直播，將會遵循聖大人的希望把這件事當成笑料，用開朗的態度掃去觀眾們內心的不安，並向觀眾們請教收復收益的對策，以及今後該採取的行動。

儘管可能不容易，不過只要集結大家的力量，肯定會有所斬獲！

「好，閒聊到此為止，差不多該進入正題嘍。我想請教包含觀眾在內的各位，你們認為聖大人的收益為何被沒收呢？」

「不是因為言行舉止嗎？」

「貓魔覺得和外表有關喔！」

：是性大人這個名字的關係吧。

：是因為嗓音太色吧。

：小〇雞。

：全部都是吧。

：我回顧存檔，發現能吐槽的點太多了，全部點出來的話感覺人生會就此終結。

：因為她存在。

「喂喂，現在是重要的時刻，大家別在這時胡言亂語。這不是只有小〇雞說中了嗎？」

「聖大人，這是唯一說錯的部分喔！哎喲——這可怎麼辦！該修正的部分太多了，根本不曉得要從何改起呀！」

「這如果拿來考試，八成會拿到和〇雄一樣慘烈的分數吧。」

「聖大人的胯下總是很雄偉喲。」

「一想像起聖大人的胯下變成Get down舞（註：典出遊戲「黃金眼：007」，透過其中的程式錯誤能讓角色呈現無規律擺動的模樣。有人將廣瀨香美的「Promise」和遊戲畫面剪輯在一起，因為副歌歌詞而有「Get down舞」之稱）的樣子，就生了好多草！」

「說起來，為什麼要以聖大人有那玩意兒為前提聊這種話題呀？況且妳們有時候又會以她下面沒那玩意兒為前提開玩笑，我都搞不懂基準在哪裡了……」

「這種事很講究臨機應變的。當然，真正的聖大人可是個不折不扣的女孩子喔。」

：得做個Get down舞的MAD了。

：這種光對話就能讓收益化被剝奪的情況根本不勝枚舉笑死。

：聖大人我……也是女孩子唷（註：典出Hololive的VTuber三期生寶鐘瑪琳在徵得二期生大空昴的同意下，使用大空昴帳號在推特上發表「昴也是……女孩子唷」的言論。由於大空昴平時是以開朗直率的形象直播的，推文發表後一片譁然）……

「……啥？

「……啥？

「總之呢，若將時間耗在紙上談兵卻駐足不前，可說是最糟糕的狀況了！我們今天打算清查各個直播的問題點，讓聖大人一一改善！各位觀眾要是看出什麼端倪，就儘管出聲提醒吧！」

「包在我身上。聖大人可是精通五花八門的玩法，無論點什麼單都難不倒我。這就是所謂的變化自如呢。」

「企畫看起來要失敗嘍。」

「好啦好啦，貓魔前輩，凡事都得具備挑戰的心才有動力嘛。我們一起努力去做吧。」

先將企畫方針提供給觀眾們，接著終於來到詩音前輩執行內容的環節。

「首先呢！為了能平安地完成這場直播，我們已經為聖大人準備好『安全裝置』！一旦啟動這個裝置，至少能確保這場直播安全無虞！」

「哦，詩音，那是怎樣的裝置呢？」

「這是能強行排除聖大人各式各樣的敏感要素，各種裝置的總稱喲！……不過手段有些強硬就是了。」

「咦？」

「欸，廢話少說，總之先試看看吧！如此這般，在此暫時將聖大人的全身圖挪開，請她換個衣服吧！」

「聖大人我懂。儘管準備的肯定不是什麼正經衣物，然而身為滋事的立場，實在沒有拒絕的理由。倒不如說，一想到自己會被胡亂對待就不禁興奮了起來。抽搐抽搐。」

抽搐著身子的聖大人就這麼被移到畫面外頭。而過了約一分鐘後——

「好——換裝完成嘍！有請聖大人出場——！」

「啊——嗯，我有空的話就去。」

「這完全就是不會來的人推辭的說法嘛！」

「不不，我去我去。啊——好像快去了。啊——真的要去了。啊，去了，要去了——」

「聖大人到底要去哪裡呢……？別再搞笑了，快點出來啦！」

「好的好的，我知道啦……不過妳是認真的嗎？這樣現身真的沒問題嗎？」

「嗯！這下就能確保這場直播百分之百安全了！」

「這樣啊……那就好。我出發了。」

「那麼，請大家睜大眼睛看好嘍！這便是我們眾人的智慧結晶！」

伴隨詩音前輩的喊聲，聖大人的化身再次從畫面外頭入鏡——

「嗨各位！大家的聖大人亮相嘍！」

而她的身姿——

：花惹發？

：完全沒想到會是全身馬賽克www

：大草原。

：亮相嘍！（做好處理）

：普遍級聖大人來啦。

誠如聊天室所言，聖大人的全身上下都被施加了看不清樣貌的強大修正效果。

「真不錯呢。聖大人，您這樣很好看喔。」

「真的嗎？妳真的這麼想？聖大人明明是這場直播的主角，是不是被當成了不該露臉的存在啦？」

「不不，我還是頭一次看到這麼適合被上馬賽克的人喔。」

「嗯，一般來說是不會適合的吧，畢竟馬賽克可是為了遮掩而存在的玩意兒！聖大人知道自己完全沒被稱讚到喔？我雖然看過和參與過各式各樣的ＡＶ，卻還是頭一次遇上全身上下都被貼上馬賽克這檔事呢。」

「這就是全身性器官系VTuber的誕生喲！」

「不不，這甚至沒辦法誕生，畢竟全身上下都被遮住啦。」

「啊，糟糕了！聖大人，我忘記加上這個了！喏，快貼上去！」

「咦？啊，嗯，詩音，我知道了……妳要我……貼在哪裡？」

「當然是眼睛啦！」

「啊——原來如此……像這樣嗎？」

「對對！這下就更安全了！」

詩音前輩取出的是剛好能遮住雙眼的橫條黑線，亦即俗稱黑槓的玩意兒。

「喔喔！遮住雙眼就像是充滿謎團的中二病角色，看起來好帥氣！」

「貓魔，妳的眼睛是瞎了嗎？不僅全身都上了馬賽克，連眼睛都被上黑槓——這是只有搞笑角色才能獲得的待遇啊。妳不妨想個適合這種容貌的角色名字吧？那肯定不是宇月聖，而是要去要去抽擂丸一類的名字喔。」

「今後多多指教啦，要去要去抽擂丸！」

「妳居然很中意這個名字？早知道就不該說了。把神成詩音、心音淡雪、晝寢貓魔和要去要去抽擂丸排在一起，怎麼看都很奇怪，會被人投訴混入異物的。」

「不過如此一來，好歹也為外觀部分做出對策嘍！若是這身打扮，YoTube也無從置喙了呢！」

「如果這樣還會被刪除頻道，倒是會對YoTube的性慾產生巨大的疑問啊。妳們施壓的手段連我都感到害怕呢。應該說，我都想試試該怎麼做才能在這樣的狀態下被刪除頻道了，被刪的話肯

定會成為傳說的。」

「喂，去抽丸！雖然開頭還能拿這些話題當笑話講，但今天可是來認真思考應對方案的直播喔！貓魔我可不允許妳這麼做！」

「這下糟了，我的名字已經根深蒂固到被取略稱。是說妳不也拿這檔事開玩笑嗎……」

「好啦好啦。我們原本還打算用變聲器讓您變成眾所周知的那個超低嗓音，終究忍住了衝動沒執行下去，您可要感謝我們啊，要去要去〇雞丸。」

「我是要去要去抽搐丸啦，淡雪，可別叫錯了……啊，錯了，我是宇月聖才對。」

「搞了半天，妳不也很喜歡這個名字嗎！」

「不不，妳誤會了，這是因為唸起來太順，才會自然而然地將要去要去抽搐丸掛在嘴邊喲？」

「您為什麼用有點性感的語氣說了這句話？」

「呵呵，妳被聖大人性感的語氣撩到了嗎？」

「您可以看看自己的模樣再開口嗎？」

「還不是妳們搞的鬼！」

：會講話的人工草皮。

：總覺得連聖大人也樂在其中，有夠生草。

：不過聖大人難得變成吐槽的一方啊。

：畢竟周遭的人都趁這個機會用力搞她啊w

：若是以全世界最低解析度的眼光來看，這無疑就是要去要去抽搐丸。

：這種像是全投資在色情要素上的擼遊硬改成普遍級結果得什麼也不剩的外觀超級喜歡。

「我說各位，雖然知道這是在預防外觀出事，但就沒辦法處理得更像樣點嗎？」

「因為這幾天都忙到沒時間呀！這不能怪我啦！」

「我的確能明白這種苦衷啦……」

「噢，詩音前輩您請稍等，小咻瓦我為了此刻，早已準備了一個好東西！」

「哦，什麼什麼？」

「請看！」

我在畫面上秀出的，是張巨大的強〇圖片。

我解除聖大人的馬賽克和黑槓，並將這張圖片挪到她的脖子下方，將頭部以外的部分遮蔽了起來。

「聖大人，怎麼樣呀？這是我之前和真白白線下合作時被當成新衣提案的圖片。倘若用上這個，就能將您敏感成分太多的身體給徹底掩蔽了。」

「我就先不問為什麼偏偏選的是強〇吧。以圖片遮掩啊……好吧，這點子還不壞……」

「唔——感覺您有些不置可否耶？您脖子以上的部位不是清晰地展露出來了嗎？」

「話是這樣說沒錯啦……」

「我生氣了。我要幫您上馬賽克。」

「欸，不，我明白了，我真的明白了，所以別——」

「上在強〇上頭。」

「結果是上在那裡嗎！哎，這玩意兒雖然的確該上個馬賽克沒錯，但回顧妳過去的作為，現在這樣做只會讓人覺得多此一舉啊！」

儘管百般不願，聖大人終究還是接受了這樣的舉措。

不過我也明白她不滿的心情。畢竟那可是我們的媽咪——也就是插畫家們精心描繪的身體嘛。

然而以角色來說，聖大人的衣著確實遊走於敏感的邊緣上頭，所以姑且還是用個急就章的方式遮掩吧。

一旦YoTube的相關規範突然變得嚴格，封殺她現存所有服飾，就幾乎會對所有直播存檔造成影響了。再怎麼說，我只能希望YoTube別走到這一步……

「如果衣服不是違規的原因就好了……」

：真的。

：唔嗯——我覺得有些通過收益化的V的作風比聖大人還過火呀——

：我覺得現在的服裝應該算是勉強合格吧。

：雖然沒辦法打包票，但平時的衣服應該沒事。

：以前的開台縮圖可能還比較危險。

我下意識地以嚴肅的口吻低喃後，聊天室隨即回饋各式各樣的意見。

對耶，之所以會開這次直播，本來就是為了向對這類狀況習以為常的觀眾們謀求意見嘛。接下來也繼續向觀眾們討教吧。

一想到有這麼多人在幫我們加油打氣，總覺得好溫暖呢……

「謝謝大家的意見。如果有想到什麼靈感或意見，還請不吝留言喔！……是說，現在冷靜下來之後，我才想到聖大人從剛剛就一直在開黃腔，真的沒問題嗎？被牽著鼻子走的我也講了幾句就是了。」

「抱歉，這場直播是在已經沒了收益化的聖大人頻道開設的，所以我就放手亂搞了。」

「您怎麼理直氣壯了起來……要是再開黃腔，無論是迄今的對策或接下來要商討的部分，都會化為一場空喔……」

看來除了外觀之外，也有必要應付言行的部分呢。

「聖大人，我想敏感的言行依舊有可能觸及規範，所以還請您少開點黃腔……」

「可是淡雪啊，如果抽走黃腔，妳覺得我還剩下什麼？那就只是個性愛娃娃而已喔？」

「請您對自己是個開黃腔＋性愛娃娃的聚合體一事多感到困惑些。」

「哈！妳這個開黃腔＋強〇的女人有什麼資格說我！」

「只要有強〇的成分在，我就不在乎自己是何種形象。」

「淡雪，妳應該比聖大人更需要檢討今後的對策吧？」

好啦，凡事都得嘗試才行。儘管沒辦法一步到位，也要試著和敏感內容拉開距離呢。

「那麼，聖大人，從現在開始，我要禁止您開黃腔，可以嗎？」

「什麼？淡雪，妳是真的要聖大人去死嗎？與其被禁開黃腔，我還不如把淡雪的舌頭猛舔一番再咬成碎片！」

「若想表達不情願，應該是咬斷自己的舌頭才對吧？為什麼要把我捲進來，還在兩種層面上成了被施暴的對象……看來您一點反省的意圖都沒有呢。廢話少說！接下來禁止您開黃腔！」

「……認真的？」

「認真的。」

…………………………

「嗚嗚嗚嗚…………嗚噎……」

居、居然哭了————？

「乖喔乖喔——聖大人，到底怎麼了？和詩音媽咪說說看嘛？」

「我失去生存的意義了……」

「您人生中黃腔的比例也占太多了！這世上還有很多更加美妙的事物喔！像是檸檬口味的強〇或是葡萄柚口味的強〇或是葡萄口味的〇之類的！」

「對呀，聖大人，妳有著要成為詩音媽咪的小寶寶這樣重要的使命，怎麼還能那樣胡言亂語呢？在把妳養到壽終正寢之前，我都不會讓妳死的喔？」

「和貓魔一起踏上挖掘埋藏在世界各地的E.〇.卡帶之旅吧（註：指雅達利電玩主機的遊戲「E.T.外星人」。雖是改編同名電影的遊戲，卻因開發時間過短而造成內容極為貧瘠。由於劣評如潮，第一批生產的四百萬片卡帶銷售狀況不佳，也為雅達利帶來了致命性的虧損）！在新墨西哥挖到的卡帶數量僅有一千一百七十八片，以那款劣質遊戲大量生產的態勢來說，這數量不管怎麼看都太少了。貓魔我認為還有其他地方埋藏著這款卡帶！」

「嗚哇啊啊啊啊這些人都好可怕喔喔喔喔！！」

：應該立刻把這些人抓起來，當成人類的突變種加以保護！

：贊成。聖大人當然也不例外。

：Live-ON是促進人類進化的研究設施來著？

：是保護傘公司（註：指遊戲「惡靈古堡」系列的製藥公司，亦是主要反派）**嗎？**

：跟第一次看的觀眾說明一下，幕後黑手是晴晴喔。

「哎呀呀，居然哭得這麼厲害呀。小咻瓦！不可以欺負聖大人喔！」

「不不，欺負她的應該不是我吧……」

「喵喵！弄哭她了——弄哭她了——！我要和組長說！」

「啊，我這下非死不可了。得趁現在留下遺書才行。『我的人生一片無悔。其中特別難忘的經驗，是過去嘗試用左手無名指打開強〇的那檔事。隨著我以指節鉤住拉環，輕柔地拉起，拉環的圈圈就這麼套上我重要的手指。沒錯，那就是我和強〇的婚戒。在發出「噗咻！」響亮聲響的祝福鐘聲見證下，我和強〇結婚了。』好，就這樣吧。」

「欸～媽咪，那個人怎麼了？」

「乖喔乖喔，聖大人，那是正值強〇期的小嬰兒喔～我們就別去打擾她吧——」

「喂，那邊的紅色物體，妳剛才的眼淚到哪去了？」

「那是假哭啦。還有我會道歉，別用紅色物體稱呼我啦。」

：我雖然不是第一次看台，但搞不懂的部分實在太多，看來我是第一次看台。

：呼喚組長是禁卡（註：典出集換式卡牌遊戲（如「遊戲王」、「魔法風雲會」等）的大型賽事規則，泛指不得使用的卡片）**啊。**

：終於和強〇結婚了笑死。

：遺書老弟被寫上這些東西真是苦了它。

：正值強〇期的小嬰兒是什麼鬼勁爆發言？（笑）

「不過啊，淡雪。就聖大人的推測，開黃腔應該不會帶來那麼嚴重的影響喔。」

「咦？為什麼呢？」

「因為妳一直沒事呀。」

「啊——……原來如此…………不不，但聖大人開的黃腔比我過火很多……」

「貓魔我覺得妳們半斤八兩喔！」

「嗯嗯，都是感情融洽的問題兒童喔！」

真的假的，我居然和聖大人不相上下嗎？既然如此，我豈不就是敏感口味的強〇……

「總之就是這樣。我猜原因出在其他部分喲。」

「原來如此，確實有幾分道理。您覺得還有哪些部分值得探討呢？」

來吧，會議終於要朝著正式尋找問題點的方向推進了——

「啊，這段確實出局定了。」

「要加進刪除的候補名單之中嘍——」

「詩音，麻煩寫進死亡筆記本裡面。」

「妳們怎麼講得有點糟糕啊？這只是把在違規邊緣的影片列入清單而已好嗎？」

開場時的喧鬧氣氛也冷靜了下來。我們正式在觀眾們的協助下，瀏覽著推測違規的直播存檔。

同時也從聖大人的真愛粉絲們口中聽到關於早期直播的意見。挑出直播檔案看似違規的部分後，我們便詢問對YoTube的ＡＩ判例知之甚詳的觀眾，一一將檔案列入「必定刪除」和「刪除候補」一類的清單之中。

獲得的意見愈多，我們愈能感受到自己力有未逮，真的是一直受到觀眾們的關照呢。若是能刪除直播檔數量，降低至能向YoTube申請復權，自然是再好不過了。然而……

「話說回來，這還真是費神的工作，我的眼睛都開始痛了呢。」

「好啦好啦，聖大人，在觀眾們的協助下，我們已經處理得飛快了，就再努力一下吧。」

「聖早期的發言都好誇張，生了好多草耶！」

「啊哈哈……但能樂在其中倒也不錯！不枉媽咪我做出這項提案了！」

「聖大人身為始作俑者，當然不會這麼快就舉手投降嘍。不過YoTube若是能詳細說明違規之處就更好了。」

老實說我也有點累了，因此無法反駁這樣的意見，卻能感受到狀況有所進展——倒不如說，如果今天這樣的直播忙了半天依舊一無所獲，我說不定會一蹶不振呢……

「既然做了這麼多，我們不如一起朝著YoTube的說特回覆欄發起突擊吧？」

「這是不是蠻幹得有點過頭了……」

「貓魔我覺得對方連看都不會看一眼喔！」

「倘若是AI出錯也就罷了，但聖大人的狀況似乎並非如此……說起來，我們也不諳英文呀。」

「交給翻譯軟體就能克服啦！在場說不定也有精通英文的觀眾嘛！」

「真的要做的話，該留什麼訊息給他們？」

「果然還是要道歉吧，就留一句『鮑〇歉』這樣。」

「您除了YoTube之外，還想被說特刪除帳號嗎？況且這根本不是英文吧。」

「Sorry p*ssy.」

「Shut up.」

：看了前因後果，一想到YoTube能忍受這群瘋女人到今天，我就為它的胸襟之開闊感動不已。

：來位有留學經驗的人吧。

：大家好，我是哈佛大學黃腔系畢業的。

：你留級一輩子吧。

：能在如此自然地謝罪的同時說出女性的性器官，日文果然是神。

儘管嘴上閒聊，手邊的動作可沒停下。我們繼續參考著聊天室，回顧直播存檔。

「啊，這個加倍○加倍舔舔ASMR應該不行吧。」

「咦～連AVSM都不行嗎？」

「ASMR對於水聲有很嚴重的規範，所以就當成出局吧。」

「說起來，聖為什麼會想做這個企畫？」

「我想廠商說不定會找上我做工商委託。」

「聖大人，您已經親手扼殺那個可能性了……」

「那也沒辦法。下次就掛在FAMZA（註：典出販售型影音平台「FANZA」，以成人商品為大宗）上賣吧。」

「至少掛在D*site（註：指販售型平台「DLsite」，相對於FANZA，非十八禁的商品較多）上面賣吧？另外，FAMZA會願意幫您賣嗎？」

「只要用上聖大人的人脈就沒問題。」

「這個人感覺真的會做，真傷腦筋呀……回歸正題，ASMR相關的直播恐怕都有出局的疑慮喲。您做的內容實在太過火，就連縮圖也打擦邊球。所幸這方面的直播並不多呢。」

在那之後，我們一路討論到深夜，在暫且告一段落後，決定就此結束今天的直播。

雖說不太可能這麼簡單就解決這件事，但詩音前輩已經擺出一副無人相助也要孤軍奮戰的態度。而我也很希望聖大人的收益能夠恢復。

即使這次的企畫失敗，也要抱持不屈不撓的心，思索下一個對策呢。

「呃──今天的直播到此告一段落，最後就由聖大人向各位致上謝詞吧。看到有這麼多人都願意為我出一份力，讓聖大人非常感動喔。老實說……我想了很多，也沮喪過。雖說這件事還沒解決，今天卻是我近期最能開懷大笑的一天。這都是因為有你們，謝謝你們。」

聽到聖大人難得坦率地道謝，我不禁露出微笑。聖大人，您可千萬別太囂張。

不過在場的所有人想必都是同樣的心情吧。大家的鼓勵和協助的話語為這次直播劃下了完美的句點。

「哼哼～！只要大家的媽咪──詩音媽咪出馬，這點小事根本手到擒來！等這件事解決之後，我會要妳把各種真心話吐出來的，給我做好心理準備吧！」

「貓魔我從聖身上感受到與劣質遊戲和劣質電影相似的惡臭，所以也會幫忙喔！」

「既然都被拖下水，我也會奉陪到最後的。就讓我們盡己所能吧。請放心，收益一定會回來的。」

：我已經準備好滿額的超留了，還請快點讓我解放吧。

：我會等的——！

：即使現在送不出超留，等妳回來還是會一起丟的。所以沒差，別放在心上。

：說得好。

：好溫暖啊〜

理應冷冰冰的直播畫面，此時卻讓我覺得溫暖無比。

接下來或許還得等上好一段時間才能恢復收益，也可能得面對更為巨大的問題。

不過Live-ON的大家是聯繫在一起的，聖大人也是其中的一分子，未曾改變。

所以不要緊，根本無須擔心。

今後也維持幹勁，在將這檔事拿來當笑料談論的同時繼續努力吧！

——我們就這麼變得團結一心。只是……

在短短過了一個星期後——

「聖大人的收益回來嘍！各位，真是太棒啦！」

「「「嗄？」」」

…………嗄？

與聖大人嘹亮的嗓音恰成對比——我（淡雪）、詩音前輩和貓魔前輩的嘴巴同時迸出感到莫名其妙的喊聲。

由於接到收復收益計畫有所進展，要再次聚首的消息，我們四人便來到公司集合。但在眾人到齊並就座後，聖大人劈頭便說出這番話。

「嗯？各位怎麼啦？聖大人的收益好不容易回來了，妳們該表現得更開心一點吧？」

我們三人的腦袋仍呈現讀取狀態，相繼露出茫然的神情。

不不，我當然有把聖大人的話語聽進去。她被沒收的收益回來了，也正為這樣的事實感到開心才對。她之所以打著計畫有所進展的名號把我們聚集過來，也是為了以驚喜的形式告訴我們收復收益一事已然解決……大概是這麼回事吧？

只不過……該怎麼說……

「也太快了吧？」

最快回神過來的貓魔前輩，替我們道出湧上心頭的感想。

那個……我們現在好像呈現「以為破關的是遊戲的體驗版，結果全破的是完整版」的狀態喲……？

「真、真的已經恢復了嗎？」

「嗯。不過在生效之前，依舊得再稍微等一小段時間就是了。公司捎來訊息，告訴我收益化申請鈕已獲重啟，審查也順利通過了。」

「這樣呀……」

嗯，這確實是值得開心的事，所以應該表現得更開心一點。

然而……那份無所適從的感覺太過強烈。即使想表現得開心點，身體也完全使不上力……

這下算是解決問題了吧？圓滿收場了吧？

「——怎、怎麼會？」

驚愕的三人之中最晚恢復過來的詩音前輩問起了理由。

「妳、妳該不會把所有的影片都刪了吧？」

「不不，雖然刪了一小部分，但幾乎都還留著喔。全部刪光是走頭無路時的最後手段嘛。」

「但這恢復的速度也太快了……」

「這個嘛……其實晴似乎在檯面下出了不少力呢。」

「「「晴前輩？」」」

聖大人向一臉驚訝的我們說明了起來。

就在我們透過直播網羅違規影片之際，晴前輩竟動用了各式各樣的人脈——甚至善加運用自己流利的英語聯絡到海外人士。雖說終究做不到精確度百分之百，但她仍將審查機制解析了大半，看似認真地協助聖大人收復收益。

她先前提過的「重要工作」，原來就是指這件事啊⋯⋯

晴前輩是這樣和聖大人報告的：「畢竟今後仍有可能發生類似聖聖這樣的事，也是個制定標準的大好機會呢。」聽說當時她一臉淡然，就像是去超商買個午餐。晴前輩⋯⋯真是多麼可怕的孩子！

不過令她吃驚的是，有許多海外的Live-ON粉絲在這件事上出了不少力，其中也不乏已經主動寫信向YoTube客服申訴的觀眾。YoTube之所以會處理得如此俐落，或許也和這些善心人士的協助有關。

「這是我們齊心協力的結果喲。正因為大家平時都為了帶給觀眾們歡笑而努力，在我們這次陷入危機之際，便輪到這些觀眾為我們採取行動了。」——當時晴前輩似乎十分自豪地這麼說著。

就結果來說，晴前輩是以她調查出來的審查機制為基準，並對照我們篩選出來的擦邊球影片加以刪除。而也因為海外觀眾對YoTube展現了影響力，才會以極快的速度恢復聖大人的收益——以上似乎就是這次事件的來龍去脈。

順帶一提，觸犯規範的恐怕是直播縮圖和ASMR，服飾與過火的發言則意外地被網開一面。

「哎呀，不僅沒受到什麼重創，甚至可以說是平安下莊，實在可喜可賀。接下來就能恢復往常的活動了。都是託各位的福，真的很謝謝妳們。」

聖大人向我們深深地低頭致謝。看到她這副模樣，我們也逐漸接納現實，得以直率地為此事感到開心……只不過，我察覺到詩音前輩的反應莫名地有些古怪。

不知為何，她的臉紅得像是一顆蘋果似的。發生什麼事了嗎？

「這樣……我的計畫有意義嗎……？」

……啊。

的確，綜合聖大人的說法，晴前輩宛如死○筆記本的傑○尼，在一夜之間擺平了這件事。總覺得過程就像是委任了暫時讓晴前輩歸隊的Live-ON公司處理這件事……

「不不，在對照審核基準之際，妳們整合出來的刪除候補名單可說是幫了大忙喔。要是沒有那些成果，想必沒辦法這麼快就復活吧。」

「可是！公司他們要做的話，挑出這些影片也只是眨眼間的事情不是嗎？既然能以這麼快的速度特定原因，就算我們沒有動作，公司那邊肯定也會著手處理。」

詩音前輩愈是開口，就愈是覺得自己白忙一場。紅著一張臉的她此時已是雙目噙淚。

老實說，這項計畫是因為詩音前輩看不慣聖大人若無其事的態度，基於一時衝動才展開的。

雖說有幹勁是好事，不過一旦問題解決，這份幹勁就失去了方向。待幹勁消散並冷靜下來後，她才察覺到自己處於「沒有得到任何成果」的狀態吧。

換句話說，詩音前輩現在正同時處於過於衝動而感到羞恥，以及對自己沒能解決此事的無力感之中，並深深為此所苦。

「原來我……只是在多管閒事嗎……」

彷彿被即將奪眶而出的眼淚給壓垮，詩音前輩垂下了頭。

是不是該出聲安慰幾句才對？我雖然閃現這個念頭——

「沒這回事喔！至少對我這個當事人來說，妳們真的幫了大忙！」

——看來沒必要呢。

聽到聖大人以毫無雜念的語氣如此斷定，詩音前輩驚訝地抬起臉龐。筆直地凝望著詩音前輩雙眼的聖大人，眼裡也像是寄宿著某種決心般，顯得澄澈無瑕。

「啊哈哈……雖然這不像聖大人會講的話……但收益被沒收時，我其實很不安喔。」

儘管有些害臊，聖大人仍舊說出了真心話。

看到她的反應，我便明白這就是聖大人在收益被沒收後，也依然強顏歡笑的理由。

「之前也說過，聖大人我一開始就預期到自己的收益會有被沒收的一天。而在那個當下，我也只是漫不經心地想著『這一天終究來了』。然而沉思了一陣子，我才真正有所察覺……」

聖大人揭露了她展現那般態度的理由，在場的所有人都靜靜地側耳傾聽。

「倘若這種狀況沒能改善，其他直播主也可能會因為和聖大人連動，落得收益被沒收的下場……察覺到這點後……我就沒辦法以輕薄的態度思考了。」

……原來如此。我們確實是以Live-ON這個團體進行活動的，並非僅以個人頻道作為活動的舞台。

因此收益被沒收之後，聖大人才會一直不去其他直播主的頻道露臉啊。

話說回來，由於拚命地想方設法解決聖大人的問題，我們反而沒發現自己才是聖大人影單形隻的原因呢……

「呵呵，『居然會為我們著想，想不到她也有可愛的一面嘛』——淡雪，妳是這樣想的吧？」

「嗄，為什麼您會知道？」

「因為妳都寫在臉上啦。哎，不過聖大人也不是什麼善良的好人啦。」

「咦？」

「畢竟到頭來，我其實是在顧影自憐呀。」

聖大人先是露出有些過意不去的神情，隨即挑起一抹自嘲的微笑，如此說道：

「即使再怎麼想甩掉，我的內心深處依舊有個揮之不去的念頭……那就是『我不想要一個人』。要是無法解決這件事，我說不定就會成為直播主們拒絕邀約的合作人選，就此陷入孤立。為了避免走到這步，我勢必得先改變自己——然而改變後的自己不見得會受到觀眾們接納。我既然身為宇月聖，就該守住自己的角色形象……這些念頭在我的腦海打轉。到最後，我也搞不懂究竟怎樣的選擇才是正確的。」

……嚇了我一跳。雖然聖大人總是一副唯我獨尊、行事荒唐的模樣，但說出這番真心話的她，肯定遠比我來得纖細。

想像各式各樣的未來，並做好承受的準備——這儘管是值得敬佩的心智，卻也容易土崩瓦解。聖大人雖然將自己的內心想像成牢不可破的巨大要塞，那卻只是以沙子堆砌而成的城堡罷了。

她像是感到悔恨似的皺起臉龐。平時總是面不改色、舉止瀟灑的她，此時正被難以想像的強烈情緒擺布著。

不過看到她這副模樣——或許這種說法很不識趣，但我的確從中感受到溫暖的人情味。

我雖然和聖大人成了臭味相投的豬朋狗友，但她總是表現出「如我們想像的聖大人」。其實她也和我們一樣會感到煩惱、會強忍痛苦地度日。知曉這一點後，我才像是真正接納了聖大人這樣的存在。

……話說回來，我之前曾向詩音前輩打聽過二期生出道時的事嘛。現在回想起來，聖大人當時的舉措之所以帶有難以理解的部分，大概是源自於出道時的迷茫感吧。

而時至今日，聖大人已經是個確實地活在當下的人了。

「這就是我一直在想的事……哈哈哈，大家都太溫柔啦。我明明想離群索居，但不僅有像妳們這樣變得比以往更積極的人，也有人透過通訊軟體傳來擔心的話語，或是以此為哏創造出有趣的笑話。等到回神過來，我才發現這些訊息已經多到來不及回覆了呢。」

說著，聖大人的表情也逐漸開朗了起來。

「以結果來說，整起事件落幕得比我和妳們想像得更為俐落，幾乎沒留下任何後遺症就能重返現場……不過對我來說，真的是被大家給拯救了。所以——謝謝妳們。」

她露出略帶憨態的笑容，如此說道。

很好很好，這下便能在暖洋洋的氣氛中劃下句點了！待收益正式恢復後，就想個企畫在直播上慶祝吧～

我雖然地這麼想著。不過……

「……是怎樣…………」

「詩音？」

有位前輩卻散發著詭譎的氣息……

「——！這是怎樣！妳在開什麼玩笑啦！」

「「喔喔喔？」」

我不禁和貓魔前輩異口同聲。

沒想到詩音前輩居然變得超級生氣（引發騷動後的第二次）。

「愈是聽妳說，我便愈是擔心！我可是做好覺悟，即使這次的事件會讓我的收益消失，甚至被刪除頻道，要是能解決問題讓大家相視而笑，我就一點都不在乎！無論是我或聖大人的頻道，都不是只靠我們一個人支撐起來，而是在大家的協助下積沙成塔的吧？雖說二期生出道時的狀況與現在不同，讓我們經歷了各種不安定的狀況和令人眼花撩亂的騷動，但我們不也是拚了命地協助彼此跨越難關嗎！我從來沒把聖大人失去收益的頻道當成別人的事，只要能讓大家努力的結晶復活，不管遭遇何種困難，我都打算全力以赴，以邁向圓滿結局為目標喲！我一直抱持這樣的想法……聖大人卻不一樣嗎……？如果真的傷透腦筋，為什麼不多向我求助呢……？妳把我們都當成外人嗎……？況且除了我之外，其他Live-ON的直播主們肯定也都發自內心地擔心妳，結果妳卻是這種態度……這樣太沒禮貌了啦！」

詩音前輩滔滔不絕地將沸騰的情緒轉化為言語，雖然依舊頂著一張通紅的臉龐，但先前的羞恥已經轉為憤怒了。

「不對，等等，詩音，我這是有理由——」

「少囉嗦！我不想管聖大人了！妳這頭發情的野獸——！」

儘管慌張的聖大人試圖解釋，氣急敗壞的詩音前輩卻一點都不想理會，就這麼吶喊著打開房門，衝出走廊。

唔嗯……雖然有些意氣用事，不過仔細想想，詩音前輩的想法也有其道理呢。畢竟她在這次事件中付出最多，因此感觸也是最多的吧。

由於事發突然，聖大人到現在仍是一副不知所措的模樣。我向她搭話道：

「您不追上去嗎？」

「淡雪……」

「詩音前輩為了挽回您的笑容，可是不惜賠上自己的安危也要出手協助喔？況且，就您剛剛的反應來看，應該還有話沒說完吧？」

「——的確呢，謝謝妳！唔！」

離去前的聖大人露出堅毅的表情，隨即追著詩音前輩的背影，離開了會議室。

那樣的表情雖然和平時的她很相像——但剛才的表情帥氣多了。

「呼……」

「喵哈哈哈！辛苦啦——好乖好乖。貓魔來幫妳按摩作為獎勵嘍！」

儘管實際流逝的時間不長，但因為是段濃烈的時光，在兩人離開後，我登時沉浸在難以言喻的解放感與成就感當中。而貓魔前輩看到我稍作喘息的模樣，隨即為我按起肩膀。

「嗯嗯……總覺得不能勞煩前輩做這種事……不過很舒服就是了。」

「別在意別在意。畢竟小淡雪這次明明是被無端捲入的立場，卻付出了很多努力呢。」

「貓魔前輩不也一樣嗎？」

「貓魔我是她們的同期，同時也是同伴嘛。起初雖然在觀察聖的動向，卻不代表要袖手旁觀喔。」

「那麼，身為後輩和同伴的我也同樣無法袖手旁觀——就是這麼一回事。」

「喵喵？這孩子也太乖巧了吧？好——乖好乖好乖，貓魔要幫妳按摩按到累癱為止喲！」

「貓、貓魔前輩，請等一下？您太激動了！我的肩膀要被揉壞啦！」

我和依舊喜歡惡作劇的貓魔前輩打鬧了一番，時間就這樣悠閒地流逝。

「話說回來，聖那傢伙總算變得坦率了點呢。」

「咦？從您的口氣判斷……貓魔前輩早就察覺到聖大人不對勁了嗎？」

「哎，畢竟是從出道認識至今的交情嘛。雖然不能說對她瞭若指掌，但總覺得她的心思意外細膩喔。所以對貓魔我來說，聖就是聖——聖大人這種稱呼反而有種不踏實的感覺呢。」

「啊，這就是詩音前輩以『聖大人』稱呼，貓魔前輩卻都不加尊稱的原因嗎？」

「不如說是詩音太遲鈍了，總是給人率直的感覺呢——但這也是她的優點啦。」

光是聽貓魔前輩這麼說，我就能明白她同樣關懷著那兩個人了。果然她在劣質遊戲直播結束後說過的話語並非謊言。

現在的我也明白她當時為何會說「這次的主角不是我們」了。這起事件果然該由聖大人和詩音前輩擔綱主角才對。

話說回來，聖大人和貓魔前輩——這兩位路線迥異的人物雖然都給人自由奔放的印象，但貓魔前輩肯定是更為機靈的一方吧。她退開一步守候火爆兩人的模樣，著實給人成熟寬容的感覺。說不定真正在保護其他同伴的並非詩音前輩，而是貓魔前輩呢。

哎，總而言之，如果要為這次的事件發表感想……

「聖大人真是讓人傷腦筋呀。」

「真的是這樣呢——」

我和貓魔前輩回想起迄今發生的種種，就這麼一同歡笑了好一陣子——

雖然不曉得那兩位將聊些什麼……但此時的我倆深信那定會帶來極為重要的意義。

聖大人，在事件正式落幕之前，要好好展露出帥氣的一面喔！

第三章

始音

宇月聖雖然慌慌張張地追趕起衝出會議室的神成詩音，不過Live-ON公司並沒有大到能讓她們上演你追我跑。當聖追上之際，詩音正垂著臉龐，將身子縮在逃生梯的拐角處。

幸好周遭沒有其他人影。詩音即便察覺到聖從背後接近，依然沒有回過頭的意思——卻也不像是要逃跑的樣子。

不知該如何開口的聖一瞬間感到遲疑。但她認為倘若在這時退縮，便是對詩音——以及協助自己的所有人冒犯至極的行為，於是做好覺悟。

「那個……很抱歉。我雖然不曉得該怎麼開口……總之很抱歉。」

「……我不懂啦。」

我不懂——這是詩音將內心渾濁複雜的思緒化為言語的結果。

「我……一直把聖大人當成重要的人。不對，我就算在此時此刻依舊如此認為。貓魔也是……對我來說同期既是朋友，也是一同跨越人生困境的特別存在，是類似戰友般的關係。可是……聖大人不這麼想吧？」

「詩音……」

「這是我的一廂情願嗎？我是真的、真的很重視聖大人…………啊哈哈，到頭來都是我自以為是，聖大人只是視我為普通的同行而已嘍？」

「不對！妳誤會了！」

「哪有誤會！如果說是我誤會，妳為什麼什麼都不說？……對不起，對妳大小聲了。現在的我很難搞吧？真的很抱歉，是我擅自抱持期待，又擅自感到失望……」

「詩音，冷靜點，妳誤會了，妳是真的搞錯了！」

「不過……已經無所謂了。總有一天，我們也能拿這天的事情作為談笑的話題吧。時間會撫平傷口，所以我沒事，不用再安慰我了。」

「拜託妳，聽我說一句……咦？」

看著詩音嬌小的背影散發非同小可的悲壯感，聖終於按捺不住，硬是將她轉了過來。這樣的舉動雖然是為了讓詩音聽自己說話，結果反倒是聖變得說不出話來。

只見詩音雖然展露著一如以往的沉穩笑容——淚水卻滑過她的臉頰。

那副身姿是如此教人心痛——聖這才終於明白，自己的所作所為真的傷透了詩音的心。

「很奇怪……很傻對吧……這都是我一個人在耍任性。就經驗來說，我也知道這股傷心的情緒只是暫時性的……」

傷口確實會癒合。然而若是過於嚴重的傷勢，就沒辦法徹底痊癒了。

「我為什麼要哭成這樣呢？為什麼會感到這麼難過呢？我明明知道自己只是個出盡洋相的女人——淚水為什麼還是止不住？啊哈哈，難道是連淚腺都跟著變笨了嗎？」

「抱歉！真的很抱歉！」

聖用力地抱住詩音。在動腦思考之前，身體便先展開行動了。

然而詩音的眼淚依舊撲簌簌地流下，淚滴積小成大，就像是為名喚悲傷的傷口放血的行為。

墜落的每一滴淚水，都是由詩音對聖的思念所構成的結晶——

聖就這麼一直緊抱著詩音，直到她不再哭泣為止。

對兩人而言，這段時間相當漫長，卻也宛如發生在一瞬之間。

「抱歉，我沒事了。」

「嗯。」

「……那個——……我沒事嘍。」

「嗯。」

「不不，聖大人您別顧著應聲。我是真的已經沒事了啦，妳可以放開我嘍。」

「嗯。」

「不不，妳嘴上應聲，但抱我的力氣反而變大了不是嗎！我沒事了啦！快放開我！」

「我不要。」

「為什麼啦……」

為自己哭過感到害臊的詩音試圖掙扎，聖卻說什麼都不肯放手。

雖說已經不再哭泣，但兩人之間的問題依舊沒有解決。聖下定決心，在把話說完之前，自己絕對不會放開詩音。

「……唉，我知道了啦。」

詩音也隱約察覺到她的想法，雖然出言抱怨，卻仍放鬆全身的力氣。

「所以……這狀況是怎麼回事？」

「我其實還有重要的話沒對詩音說，但一直逃避著這件事，真的很窩囊呢，對不起。不過，我已經下定決心了。」

「這樣呀……嗯，那我聽吧。」

「我……其實並非不想向妳求助。但是我……辦不到。」

「辦不到的理由是？」

「因為——我喜歡上妳啦。」

「喂妳搞什麼鬼啦——！」

「咕呼啊啊啊啊啊？」

詩音發出了前所未聞的粗野喊聲，同時朝聖的胯下使出全力一踢！

「啊、啊嗚嗚？喔嗚！喔嗚！喔嗚嗚嗚嗚？」

「妳這人真是糟透了！別在這種重要的時候亂開玩笑啦！」

「喔嗚！喔嗚！喔嗚！喔嗚！」

「有空發出怪聲的話，不如給我好好說明一下啊！喔啦啊啊啊啊——！」

「　　　　　　　　　　　　　　　　　　　」

就在詩音的百萬噸重踢（註：遊戲「精靈寶可夢」的攻擊招式）第二次擊中要害之際，聖的眼前也變得一片漆黑（註：遊戲「精靈寶可夢」中，玩家手上的寶可夢全數戰敗時會出現的訊息）！

無法支撐身子的聖，就這麼維持著緊抱詩音的姿勢，朝她倒了下去。

「嗯嗯嗯嗯——？」

此時——詩音那張喋喋不休的嘴巴，奇蹟似的被聖的唇瓣給溫柔地包覆住了——

「——啊！抱、抱歉，詩音，我有一瞬間跑到了三途川的岸邊。拜託好好聽我說話……

嗯？奇怪？」

「啊……呃，居然用接吻來安慰人家。想不到妳也挺浪漫的呀……」

「嗄？」

「我……還是第一次接吻呢……嘻嘻，怎麼辦啦！真是的！這不是讓我更不知所措了嗎！」

「………啊，原來如此。」

當聖清醒過來之際，兩人的唇已然分開，是以她起初呈現一頭霧水的狀態。但看到詩音的表情和反應後，她也隱約察覺到發生了什麼事。

儘管聖為了無法品味詩音初吻一事而恨起神明，但若是坦承此事，她這次肯定會以自由式一鼓作氣地橫渡三途川吧。

（詩音呀，奪走妳初吻的是個胯下被踹而失去意識，原本是個蕾絲邊的性感女演員VTuber呢，真的很抱歉。這已經不是什麼浪漫，只是胯下被踹爛而已。）

聖在內心下跪道歉，決定不再深入這個話題。

所幸這樣的舉動姑且澆熄了詩音的怒火——不如說接下來已經沒有回頭路了。聖鼓起勇氣，抓住詩音的肩膀以免她逃跑，直視起對方的雙眼。

「詩音。」

「是滴！」

「關於我剛才說的話……那並非在開玩笑，而是真心話喲。」

「剛才的話？」

「就是說喜歡上妳的事。」

「啊、啊，對耶，妳確實這麼說過呢！但這怎麼會構成不想找我求助的理由呢？」

「呃……那是因為……」

聖再次支吾其詞。對她來說，詩音的反應著實出乎意料。

「呃，妳有聽懂我說的話嗎？我說的喜歡，是戀愛方面的那種喜歡。喏，因為我是那種只會把女生當成戀愛對象的人啊。」

「我早在出道之後就知道這件事了！所以才要妳好好說明，這兩碼事為什麼會扯上關係呀！」

「咦咦咦……」

聖這下是真的感到困惑了。

無法理解──完全無法理解。

（她為什麼能這麼……）

「如果喜歡我，便更該找我求助不是嗎！所謂的喜歡，就是想一直在一起的意思吧？疏遠對方當然是錯的啦！」

（為什麼能這麼……輕而易舉地接受來自同性的好意啊？）

「等一下！我的腦袋快轉不過來了。讓我整頓一下資訊。」

「嗯？喔，好啊。」

由於拿出生至今所學習的常識面對現在的狀況太不管用，讓聖感到一陣頭痛，於是她暫且將方才的話題拆解開來，分別做起確認：

「先來談論前提的部分。我在這次的事件裡之所以表現得唯唯諾諾，主要可以歸咎於兩個理由。其一是我真的不想給其他人添麻煩，一如剛才所言，我不希望讓自己的事情影響周遭，況且我本來就是不想將弱點暴露給別人看的個性。其二則是剛才說過，要是再拉近和妳的距離，我就會真的對妳動心了……啊——真是的，自己解釋總覺得怪害臊的。總之就是這麼回事啦。」

「嗯，這些部分我都懂喲。所以呢？」

「『所以呢？』是什麼意思……」

聽到詩音以滿不在乎的表情反問，困惑的聖再也掩飾不住內心的驚訝。

「妳真的明白我在說什麼嗎？意思是我已經快要愛上妳嘍？」

「喔喔……嘻嘻，像這樣一再收到蘊含好感的話語，果然還是會害羞呢！」

「……我是在作夢嗎？試著捏一下乳頭好了……嗯，又痛又爽。」

「欸，妳在做什麼呀？」

「哦，抱歉，我只是想確認一下這是不是現實。」

「一般來說都是捏臉頰吧？一個女生嘴上說著喜歡我，卻捏著自己乳頭的樣子，根本就是恐怖片才會出現的光景吧！」

「就是這樣！」

一從詩音的吐槽之中聽到了自己想說的話語，聖便間不容髮地指出重點。

「一般來說，聽到我那樣的講法，應該都會出現厭惡或害怕的反應吧？」

「咦？見到妳捏乳頭給我看，我的確真的很害怕呀。」

「不不，把乳頭的部分剔掉啦。」

「妳是指喜歡我的這個部分嗎？我又不怕，因為對象是聖呀。」

無論在腦海裡重播多少次，聖都無法從她的語氣當中聽出一絲負面的情緒。

「起初以為妳在開玩笑時，我是真的很生氣啦，但妳似乎是真心的呢。況且妳還喜歡到親、親了我呢！嘻嘻嘻！」

看到詩音面露恍惚，捧著雙頰扭動身體的模樣，儘管聖已經得到了答案，卻仍不禁懷疑起眼前的這一切是不是幻覺。

「這反應是怎樣……這不就像是……妳覺得很開心嗎？」

「嗯？都被聖說喜歡了，我當然很開心呀！我這次之所以會生氣，也是因為覺得自己被嫌棄了嘛！」

「————那麼，妳也喜歡我嗎？我們都是女生喔？」

「咦？」

按捺不住的聖甚至克服心底對於獲知答案的恐懼，直接丟出這個問題。

「「………………」」

兩人就這麼四目相交了好一會兒。

對聖來說，這是段令人摒息的時間。而她的表情也相當嚴肅。至於詩音臉上則看似冒出了一個巨大的問號，先是露出詫異的神情，僵住身子——

「我們兩個不都是女的嗎！？」

她隨即驚訝得像是有了大發現的科學家般，高聲吶喊。

「難道說——妳一直沒察覺到這一點嗎？」

「嗯，我現在才發現……」

「這是最重要的部分吧？」

「又、又不能怪我！我每天都和Live-ON的妖魔鬼怪廝混在一起，早就不會被同性相愛這種小事給嚇到了！」

「也是呢。不僅有一再和接觸過的直播主告白——甚至提出性邀約女人，更有打算成為所有直播主媽咪的女人存在嘛！」

「小、小淡雪姑且不論，我不算奇怪的人吧！」

「妳如果算不上奇怪，這世界的托嬰中心肯定開得和超商一樣密集了。那可是沒有年齡限制，歡迎所有寶貝上門的設施喲。」

「嗚，不知不覺間，我居然被Live-ON的環境汙染到這種地步了嗎……」

人類的道德觀和常識總會依循生長環境或大時代而有所更迭。而人類所遵從的規則，終究是人類所制訂的。Live-ON既然是一群牛鬼蛇神的聚集地，自然形成了獨樹一格的環境——說是與世隔絕的烏托邦也不為過。

（不對不對。再怎麼說也適應得太過頭了吧……）

眼見詩音被Live-ON同化得如此徹底，聖不禁懷疑起自己或許在Live-ON的眾多成員之中，屬於具備一般常識的那方。

「不過，女孩子之間的戀愛呀……杜撰的作品姑且不論，現實之中是很罕見的呢。」

「唉，妳終於明白了嗎？」

聖嘆了口氣，將話題給拉回來。乘著感嘆呼出口的，究竟是對詩音感到傻眼、對Live-ON的恐懼，抑或是在轉瞬間占據腦海的期待——

「總而言之，妳這下懂了吧？雖說現在各處都有著所謂的ＬＧＢＴ解放運動，不過以現狀來說，若聽到同性對自己告白，絕大多數人依舊會感到困惑。這也是我從迄今的人生經驗中學到的道理。」

「這樣呀，兩個女孩子的戀愛……啊哇哇……也就是說，我也……歡女生……」

聖沒理會低著頭嘟囔的詩音，繼續做起獨白：

「我以前是更加孤僻的個性——不喜歡與其他人接觸。但在進入Live-ON之後……妳不請自來的個性影響了我，增加了我跟其他人交流的次數。這個願意接納我的環境讓我待得相當舒適。不過……我似乎還是搞砸了呢。在和大家一同活動的過程中，隨著與妳的關係加深，我也慢慢察覺自己對妳懷抱著超越友情的感情。」

「喔喔喔……嗚呀——！」

「再發展下去，只會把狀況弄得更糟。倘若我在這次的事件裡接受妳的協助……一定會徹底喜歡上妳吧。我這次之所以處理得不是很好，就是基於這樣的原因。」

「呼喔——！呼喔——！」

「所以說……呃，詩音？妳有在聽嗎？」

話說到一半，詩音便低下頭，看似心神不寧地摩擦著身子，有時還像是按捺不住似的發出低沉的怪叫聲。面對詩音心不在焉的反應，聖不禁歪起脖子。

「……嗯，對呀，是這樣沒錯。咦？啊，抱歉！我幾乎沒在聽！」

「嗄？」

儘管是驚奇不斷的一日，聖卻在此時發出最為驚愕的吶喊。

「呃，妳剛剛說了什麼？」

「……唔！算了！」

聖以強硬的語氣拋下這句話，隨即別開臉龐。當然，她之所以會出現這種反應，是因為詩音沒有專心聽自己認真說話。

然而——在這段時間裡，詩音已經進行了一段遠比聖的話語更為重要的自我對話，並且得出答案——

「就結論來說，我今後打算和妳保持一段距離啦！」

「咦……」

「不只是妳。為了不重蹈覆轍，我今後在活動時也會與其他直播主保持距離，不做出逾矩的行為。為了自己的粉絲，我必須保護好宇月聖這樣的形象，不能因為一己之私，讓Live-ON陷入為難的立場。」

「咦，妳等……」

「老實說，我不想和任何人提起這件事。我雖然是這種個性，卻仍不希望成為別人厭惡的對象，尤其是妳。然而若不開口，就一定會傷到妳的心，所以我才鼓起勇氣說出口。如果妳能尊重我的勇氣，即便對我感到厭惡，依然願意和宇月聖維持著不至於絕交的交情繼續活動，我會很開心的。」

「啊……怎麼這樣……」

聽到聖準備結束這個話題，詩音明顯有些慌張。透過自我對話，她已經察覺到自己的心意，說什麼都不想讓這個話題就此結束。

「沒、沒錯！我也喜歡聖大人喔！」

「嗯？啊哈哈，謝啦。既然如此，希望妳今後也別對我表現出太過疏遠的態度喔。」

「不，那個，不是這樣的。那個……妳剛剛對我說喜歡我時，即使我是事後才察覺那是指女孩子間的戀愛，依舊一點都不覺得厭惡——不如說反而很開心喔！」

「哦、喔？啊，妳不必說客套話啦。別顧慮我這麼多也沒關係的。」

「才才才才不是在說客套話呢！還、還有剛剛被親的時候！老實說我的心臟真的跳得好快！一點都不討厭，反而是心臟跳到幾乎要停了呢。我雖然也擔心自己的嘴唇是不是乾到親起來不舒服，卻幾乎被太過開心的思緒給填滿，根本什麼都想不了喔！」

「詩、詩音？妳……妳明白自己在說什麼嗎？還有，我對觸感沒印象所以沒問——不，沒事。」

「我明白！正是明白，所以我非說不可！另、另外，我也喜歡妳的臉！老實說，我當初之所以會和妳搭話，也是因為妳長得很漂亮！還有還有，雖然每次合作之際我都表現得很冷淡，但我其實很喜歡聖大人開的黃腔！沒參與直播時總會哈哈大笑呢！」

「啊……這、這樣啊，謝謝妳……？」

「所以啊！」

「唔！」

聖原本是來安慰縮到角落的詩音的。然而不知不覺間，詩音居然挾帶著莫名的壓力，將她逼至另一側的角落。宛如不想放跑聖似的，詩音伸出雙臂，按住左右兩側的牆壁，形成與剛才完全相反的構圖。

詩音雖然做出宛如肉食系女性的動作，但讓人驚訝的是，她其實已經徹底放棄思考，完全是依循感情行事，甚至不明白看在外人眼裡，兩人現在的狀況究竟會是什麼樣的光景。她的雙眼一直處於轉著圈圈的狀態。

這一切都是為了她**最喜歡**的聖。即使再怎麼羞於啟齒，她也知道不在這時說出真心話的話，就會讓聖的內心留下巨大創傷。為此，這次輪到詩音下定決心了。

「聖大人不是很喜歡我嗎？既然如此，為什麼要講得像是以放棄為前提一樣呀！」

「不不，與其說是喜歡妳，不如說是差點就要陷入情網的狀態……」

「既然都要陷入情網了，不就是喜歡我嗎！已經太遲了啦！既然喜歡，就乖乖掉進我的網裡嘛！」

「咦咦咦？妳要我掉進去嗎？難道不討厭嗎？」

「誰說我討厭妳了！不如說我超開心的！」

「怎麼會……不對不對，可是可是——」

「沒什麼『可是』啦！妳什麼意思？都說到這個份上了，還想當作沒這回事嗎？若是如此，豈不是代表妳一點都不喜歡我嗎？」

「什麼啊？我就是喜歡妳，才會這麼苦惱啊！」

「那要不要來交往？要不要和我交往？」

「好啊那就交往吧！既然兩情相悅，當然要交往啦！」

「那我們現在就是情侶嘍！妳今後給我做好心理準備吧！」

「妳膽子挺大的嘛！我今後可是會把妳的骨髓都吸乾，妳就做好……心理準備……」

…………

「「啊啊啊啊啊啊啊啊啊啊啊啊——？」」

聖也受到一頭熱的詩音影響，雙方這次紛紛拋開了世俗的看法與過去的糾葛，只以真心話衝擊著彼此。

而在心意相通，腦袋也冷靜下來之後，兩人回想起自己的發言，才發現那是宛如青春電影般的青澀對話，於是不約而同地抱頭哀號——

「那個……呃，總覺得有點抱歉……？」

「詩音，妳為什麼要道歉啊？如果要道歉，也該由我起頭才對吧？」

「不，那個……啊哈哈，我也不太懂呢。」

當羞恥的感情降溫後，兩人臉上雖然依舊殘留著難以形容的灼燙感，卻仍依偎著彼此坐在階梯上，以冷靜的態度再次對談。

「那個，詩音啊，我們……是、是不是已經開始交往了？」

「是、是這樣呢！」

「換句話說，詩音妳……也喜歡女生嗎？」

「嗄？啊~~……我也不曉得耶？雖然這個年紀了，但我迄今都沒談過戀愛呢。不過——」

詩音暫時中斷了話語，筆直地注視起聖為了掩飾害羞而四下游移的視線，這才繼續說下去。

這句話雖然是詩音最想傳達給聖的心意，卻又帶了點抽象的成分，是以在冷靜下來後，她才終於能化為精確的字句：

「喜歡就是喜歡呀，除此之外，哪還需要什麼理由呢？」

聖倒抽一口氣——

「不只是在戀愛的層面。像是喜歡看V、喜歡看書，或是喜歡一般人難以明白的嗜好，這樣的人所在多有。即使受到所有人嫌棄，自己卻仍是堅定不移，便是所謂的真愛。既然沒有犯法，也未曾造成其他人的困擾，旁人就沒有說三道四的理由了吧。」

（————啊。）

伴隨著全身的力氣，她將積蓄的嘆息吐出嘴巴。

（我肯定是因為察覺到妳這樣的心思，才會被妳給吸引的。）

聖就這麼向前一倒，緊緊抱住詩音。

「喔喔喔喔怎怎怎麼回事？」

「沒有啦，只是覺得真的如妳所言，我並非『險些墜入情網』，而是『喜歡妳』喲。妳不喜歡嗎？」

「才才才不會不喜歡呢！我只是嚇了一跳而已！」

看到她紅著臉慌慌張張的模樣，聖調侃了一句：「妳這樣還敢自稱是大家的媽咪嗎？」隨即察覺到自己露出了自從收益被沒收後首次展露的自然笑容，連她本人都大吃一驚。

（看來這起事件真的把我逼得很緊繃，甚至遠超乎我的預期。最近的直播水準連我自己都不滿意，今後可得亡羊補牢才行。）

「啊。」

諷刺的是，在聖大人的腦海裡浮現「今後」這個詞彙的瞬間，她也同時察覺到新的問題即將誕生。

「嗯？怎麼啦？」

「沒事。我只是在想，今後在直播時是不是該公開我們的關係？」

「當然得公開啦。啊，妳難道是擔心遭到抨擊嗎？我們早就是Live-ON的官方配對了，不是嗎？」

「話是這樣說沒錯啦。不過我在人前依舊得維持宇月聖的形象，一旦公開這一切，宇月聖的角色形象便會有所崩解。」

「沒這回事喔。」

就在聖再次質疑自己的決定是否正確之際，詩音以否定的言詞驅散了那些緩緩逼近的陰影。

「妳既是名為宇月聖的『角色』，同時也是名為宇月聖的『人類』吧？我們雖然有著電腦世界的軀體，卻也『活著』喔。這正是VTuber絕無僅有的魅力之一，我們會隨著時間而有所變化、有所成長，有時也會犯錯。然而從中感受到生命的觀眾們都會為我們加油打氣的。所以說！」

詩音一鼓作氣地起身。

「妳就別再扮演宇月聖了。改以宇月聖的身分活下去吧！」

她轉向聖，並伸出了手。

「話說回來！我在Live-ON早就捨棄了安定與腳踏實地的路線，走上了只屬於我的道路！所以——妳就陪我一起走吧！」

「——————」

聖不禁覺得她很狡猾。被人以這樣的表情說出這種話，哪還拒絕得了呢？

不對，自己已經沒有拒絕的理由了。聖名為內心的拼圖原本散落各地，卻被詩音全數拼了回來。

無須迷惘也無所畏懼，接下來只需邁步即可。

「——好啊！我想和妳……以及大家一起活下去！」

迄今看似交握雙手，卻終究只是以扭曲的形式若即若離的兩人，這次終於憑藉堅定不移的氣勢，緊緊握住彼此的雙手——

呃——淡雪報告，淡雪報告。我目前處於因沸騰的殺氣而氣到發抖的狀態。

實際上，在詩音前輩和聖大人跑出會議室之後，我和貓魔前輩為了不打擾她們，便決定打道回府。

然而在這之後，我莫名地感到心癢難耐，擔心起兩人的進展。雖然我覺得不太可能，但聖大人會不會在這種狀況下依然連開黃腔，落得胯下被踢爆致死的下場呢？我是真的很擔心她們喲。

然後喔？那天晚上兩人就在說特上表示要開台嘍？

我慌張地過去一看。只見聖大人先是報告了收益即將回復的消息，又將迄今的來龍去脈——包含真心話在內都說了個一清二楚。結果在下一瞬間，兩人便突然甜甜蜜蜜地親熱了起來這到底是怎麼一回事？咦？為什麼兩人成了情侶啊這是為什麼為什麼為什麼為什麼為什麼？

咦？這是真的嗎？為什麼聖大人會愛上詩音前輩啊？咦？過於意外的發展讓我的腦袋追不上了這是事實嗎事實嗎是死了嗎？

『呃——各位，總之就是這樣。在得知聖大人的真面目後，或許有些人會覺得我很窩囊，也有些人會覺得和原本認定的形象不合。不過這就是我的模樣。我不光是只有喜歡開黃腔和女孩子的一面，這也是我的一部分——不覺得這樣的說法很動人嗎？對吧，「詩」？』

『嘻嘻，果然人情味還是很重要的呢！儘管「聖」成了我的孩子兼情人，但我們今後也會為了把Live-ON的場子炒熱而努力喲！』

『『啊哈哈哈哈哈哈哈！！』』

「「「吵死了啊啊啊啊啊啊啊！！！」」」

我與加入群組通話的晴前輩和貓魔前輩一同大喊。而聊天室也被溫柔的斥罵聲給塞得滿滿的。

——看到這些反應的聖大人和詩音前輩所露出的笑容，與用以形容Live-ON旗下直播主的「閃耀少女」一詞可說是完美相符。

「啊，喂喂——」

「喔！小淡雪來啦！」

「嗨——小淡，等妳很久啦——」

在某天沒有開台的時刻，我加入了小光和真白白已經組好的通話群組之中。雖然離談定的集合時間還早，但兩人似乎沒什麼事，於是便早一步閒聊起來以打發時間。這是三期生經常出現的光景。

「再來就剩小恰咪了吧？」

「是呀。她沒說自己會遲到，所以應該很快就會來了吧。」

「喂、喂喂——？」

「喔，小恰咪也來啦！簡直就像是瞄準了時間一般，以最後一塊拼圖的姿態入場！實在好帥喔！」

誠如小光所言，就在我們剛好在談論到小恰咪之際，她便像是聽到了我們的話語似的，在最佳時機登場了。

「呵呵，其實在小光和小真白開始通話時，我就已經注意到嘍？」

「咦？是這樣嗎？一起加入不就得了？難道妳在忙嗎？」

「不不，我一想到自己加入會打斷兩人的對話，就慚愧得不敢加入了。我是在看到小淡雪加入通話之後才覺得機不可失，迅速地加進來的。」

「原來妳還真的挑了時機啊！真是的，小恰咪總是這麼膽小。我們可是同期喔？妳以為我們都在一起多久了呀！」

聽到我這麼開口，包含小恰咪在內的大家都笑了起來。

這當然是因為小恰咪的行為相當有趣。不過其實還有另一個原因。

出言吐槽的我也有所察覺，於是同樣被逗出了笑聲。

「呵呵，『都在一起多久了』嗎？真不愧是小淡，吐槽得真是到位。」

「小淡雪，妳吐槽的功力是不是又變強了？連被吐槽的我都笑出來了呢。」

「沒啦，我是下意識說的，真的是下意識！啊──但大概正是因為沒有意識到，才能說出符合情境的完美吐槽呢……」

「啊哈哈！小淡雪為我們醞釀好氣氛了呢！那就該開始嘍。」

如此表示的小光在徵得所有人的同意後，先是做了一次深呼吸，隨即以代表的身分唸出了這次的議題：

「那麼，接下來要召開『三期生出道一週年該做些什麼紀念』的會議！」

後記

感謝各位購買《身為VTuber的我因為忘記關台而成了傳說》——簡稱《V傳》的第四集。我是作者七斗七。

由於這集是以聖為主軸，總覺得黃腔頻率比前幾集都要來得高，不曉得各位是否還讀得開心呢？順帶一提，封面畫的是本集結束後被小咻瓦偵訊的聖。

本次最引人注目的，果然還是百合元素吧。到目前為止都是以喜劇作為主要元素，百合只是少量提味的調味料，第四集卻充滿了濃濃的百合香。就這方面來說，這集恐怕也是整部作品中最為特殊的一集。

其他的注目焦點大概就是二期生的活躍吧。雖說第四集是以聖為主軸的，然而正確來說，我其實是以二期生作為主題撰寫，並非單以聖作為主角。

也請各位今後也繼續支持在Live-ON黎明期誕生的她們。

此外，與網路版相比，第四集除了新撰篇章和修正錯誤之外，在終盤的部分其實做了大幅度修改。書籍版的內容讀起來比較輕鬆，所以我個人比較中意。但無論哪一邊都是《V傳》的故事。

進一步來說，礙於閱讀節奏，恢復收益的部分有些太過仰仗晴無所不能的本事。這也讓我想額外開個篇章，撰寫這部分的詳情。

那麼下一集——第五集將是以三期生為中心的故事。正如終章所示，她們馬上就要迎接出道一週年了。希望她們能依然以荒唐胡鬧的故事為各位帶來笑容。

最後，我衷心感謝為這第四集增光添彩的各位工作人員，以及支持我的讀者們。就讓後記到此作結吧。

感謝大家持續支持第四集！讓我們在第五集再見嘍。

啊，蜂蜜蛋糕提到的Ｓ〇ＧＡ男子，基本上是我的親身經歷。

身為VTuber的我
因為忘記關台而成了傳說

國家圖書館出版品預行編目資料

身為 VTuber 的我因為忘記關台而成了傳說 / 七斗七作 ; 蔚山譯 . -- 初版 . -- 臺北市 : 臺灣角川股份有限公司 , 2023.05-

冊 ; 公分

譯自 : VTuber なんだが配信切り忘れたら伝説になってた

ISBN 978-626-352-534-4(第 4 冊 : 平裝)

861.57 112003774

Kadokawa
Fantastic
Novels

身為VTuber的我因為忘記關台而成了傳說 4

（原著名：VTuberなんだが配信切り忘れたら伝説になってた 4）

2023年5月4日 初版第1刷發行
2023年8月10日 初版第2刷發行

作　者：七斗七
插　畫：塩かずのこ
譯　者：蔚山

發 行 人：岩崎剛人
總 編 輯：蔡佩芬
編　　輯：邱瓈萱
美術設計：李思穎
印　　務：李明修（主任）、張加恩（主任）、張凱琪

發 行 所：台灣角川股份有限公司
地　　址：104台北市中山區松江路223號3樓
電　　話：（02）2515-3000
傳　　真：（02）2515-0033
網　　址：www.kadokawa.com.tw
劃撥帳戶：台灣角川股份有限公司
劃撥帳號：19487412
法律顧問：有澤法律事務所
製　　版：巨茂科技印刷有限公司
ISBN：978-626-352-534-4
